岡山文庫

321

寛《ひろし》・晶子《あきこ》の岡山吟行《おかやまぎんこう》

熊代《くましろ》 正英《まさひで》

JN126564

山へよする會紀念

日本文教出版株式会社

岡山文庫・刊行のことば

岡山県は古く大和や北九州とともに、吉備の国として二千年の歴史をもち、遠くはるかな歴史の曙から、私たちの祖先の奮励とそして私たちの努力とによって、現在の強力な産業県へと飛躍的な発展を遂げております。

小社は創立十五周年にあたる昭和三十八年、このような歴史と発展をもつ古くして新しい岡山県のすべてを、〝岡山文庫〟（会員頒布）として逐次刊行する企画を樹て、翌三十九年から刊行を開始いたしました。

以来、県内各方面の学究、実践活動家の協力を得て、岡山県の自然と文化のあらゆる分野の様々な主題と取り組んで刊行を進めております。

郷土生活の裡に営々と築かれた文化は、近年、急速な近代化の波をうけて変貌を余儀なくされていますが、このような時代であればこそ、私たちは郷土認識の確かな視座が必要なのだと思います。

岡山文庫は、各巻ではテーマ別、全巻を通すと、壮大な岡山県のすべてにわたる百科事典の構想をもち、その約50％を写真と図版にあてるよう留意し、岡山県の全体像を立体的にとらえる、ユニークな郷土事典をめざしています。

岡山県人のみならず、地方文化に興味をお寄せの方々の良き伴侶とならんことを請い願う次第です。

はじめに

与謝野寛（鉄幹）と与謝野晶子は、歌人として、多くの短歌、詩、評論を残し、日本古典文学復興活動にも取り組んだ。文芸面だけでなく社会問題への発言も多く、明治から昭和まで、息の長い活動を続けた文学者といえる。

寛は、多感な少年時代を岡山で過ごし、そして寛を通じて晶子にとっても岡山は忘れ得ぬ土地のひとつとなった。さらに、与謝野夫妻にとって終生変わらぬ深い交流を続けた倉敷市連島の詩人・随筆家の薄田泣菫、そして備前市穂浪の国文学者・歌人の正宗敦夫のふたりがいたことも岡山との縁を太くしている。

与謝野夫妻の岡山の旅は、１９２９年と１９３３年の二度県内各地の景勝地を訪れ多くの歌を詠み、各地には歌碑が建てられ、今でも旅程を巡る事が出来る。素晴らしい自然に感動した内容の歌や文と共に、児島の高等女学校での女生徒への講演の様子も残り、旅の一端を窺い知ることができる。

寛・晶子の岡山吟行　もくじ

表紙…下津井・鷲麓園ホテルにて
扉…泣菫宛 寛の葉書

寛（鉄幹）の岡山

一　寛、岡山の安住院に寄寓

寛は、少年時代一年余りを岡山で過ごしている。彼の生い立ちは、1873年京都岡崎村の西本願寺派願成寺の住職・与謝野礼巌《れいごん》の四男として生まれた。父は歌人、勤皇家で、公共事業家でもあったが、事業の失敗により寛は大阪安養寺の養子となっている。この安養寺時代に宗門の学林や塾に通って、漢詩や英語などを学んでいる。

僧侶になるのを嫌った寛は、養家の安養寺を脱出して岡山市国富の操山の丘陵にある安住院の住職和田大圓を頼って岡山へ移って来た。長兄が住職を務めていたのである。1887年9月頃のこと、数え15歳であった。操山の中腹の緑の中に二層の安住院多宝塔の姿が見える、真言宗の古刹で仁王門（赤門）・多宝塔は岡山県重要文化財の指定を受けている。多宝塔は元禄時代、池田綱政が後楽園を造った時、その借景として操山に多宝塔を建てることが計画され、次の継政の代で完成した。この多宝塔のある瓶井山禅光寺本坊が安住院である。ご本尊は秘仏の千手観世音菩薩、瀬戸内三十三観音霊場巡りの札所になっている。15歳の少年寛は、この辺りの畑を馬で乗り荒らしたり、寺の塀の瓦をはがして片っ端から谷川へ投げ込んだりしていた腕白者であった。

この頃の歌がある。

いぶせくも我が思ふことも馬に乗り
山のあたりを行けば消につつ

寛は安住院に寄寓して岡山県尋常中学校への入学を目指した。岡山市磨屋町の薬師院の寺中近くにあった中学予備門に通い、英、漢、算の三科を学んだ。なお、薬

真言宗安住院

師院は真言宗中国聯合中学林があり兄の大圓が校長をしていた。岡山中学の入学試験は、きわめて難関で英語の力が必要とされ、数学の試験も英語で出題された。中学予備門までの通学は、安住院を出て右手に森下町を見ながら旭川畔に出て、当時は相生橋がなかったので渡し舟を使うか、下流に廻って京橋を渡らなければならなかった。

寛は、翌年の夏受験した。結果は「数学の不得意に由り岡山中学校の入学試験に落第す。窃《せっ》かに思へらく、数学の才に疎なるは漢詩に耽《ふけ》るが為なりと、由って是れより漢詩を賦《ふ》すること稀となり」と自らの年譜に記している。因みに、岡山中学を2年（1893年・16歳）で中途退学したのが後述する薄田泣菫である。

寛は、同年11月に岡山を去り京都に帰っている。

二　鉄幹「わが初恋」回想

安住院時代の思い出を書いた「わが初恋」は、1900年10月発行の雑誌「新声」に載った。同年8月11日関西青年文学会岡山支部の主催による講演会が開催され講師として来岡している。おおよそ十年ぶりの岡山であり、懐旧の情にかられ「わが初恋」が書かれたように思われる。

「わが初恋」には、安ちゃんという岡山市森下町の同年配の少女と親しくなり、学校の帰りに廻り道をして家に寄ったという。

「初めて相見しは同い年の我も十五、君も十五」

新蝶々の髷《まげ》に結った可憐な少女が、細き腕《かいな》に甲斐甲斐しく撥《ばち》をとりあげて新内《しんない》の三味線を弾くのである。

「声の清きは云うも愚かや、得意の語物は明烏なりき」

と艶やかに安ちゃんの姿を書くのである。

また、中学予備門帰りの幼い喧嘩のことも書いている。

「安ちゃんと知りて幾たびも安ちゃんを泣かせしも、またこの我が一つの癖なりき、されど、つい心やすき安ちゃんと、はかなき物争いして、学校がへりの包のままを、夕の竈《かま》の火に投げんとせし時、ふさふさと人の羨《うらや》む長き髪ふり乱して、そは何たるおん所作ぞ、書物は男の魂と聞くに、いざお腹が立てば、わが三味線を折り給へ、焚べ給へ、魂をなくして男は何処に立つ瀬が侍《はべ》るぞと。この一言は、さながら剃刀《かみそり》逆手にわが喉刺されたる心地して、安ちゃん許して呉れと、思はず板間へ尻餅つきし・・・。」

鉄幹の代表的な詩歌集『紫』（1901年刊）にも、岡山での中学予備門の頃の初恋を詠った歌がある。

われ十とせ操の山の名を云はず
　そこに別れし人の名云はず

とは、安ちゃんのことであろう。

三　鉄幹・機関紙「明星」創刊

岡山を去った後、一時京都にいたが間もなく山口県徳山（現・周南市）の次兄が経営する徳山女学校の国語漢文教師として4年間教壇に立った。その後、歌人になるという青雲の志を胸に上京する。また韓国へ渡って教師をしたり、ある時は閔妃《びんひ》事件に連なって志士をもって自ら任じたこともあった。1896年に歌集『東西南北』、1897年に『天地玄黄』を出版し、その男性的でおおらかな歌風は「益荒男《ますらお》ぶり」と呼ばれた。

1901年3月発刊の詩歌集『鐵幹子』に「人を恋ふる歌」を載せている。当時の文学青年達により愛唱され、現代でも多くの人に知られ鉄幹の最も有名な歌と言える。そして、当時の鉄幹の心の在り方や生き様がよくわかる。

「人を戀ふる歌」

（三十年八月京城に於て作る）

妻《つま》をめとらば才たけて
顔うるはしくなさけある
友をえらばば書を讀んで（「書を讀みて」で流布されている）
六分の俠氣四分の熱

戀のいのちをたづぬれば

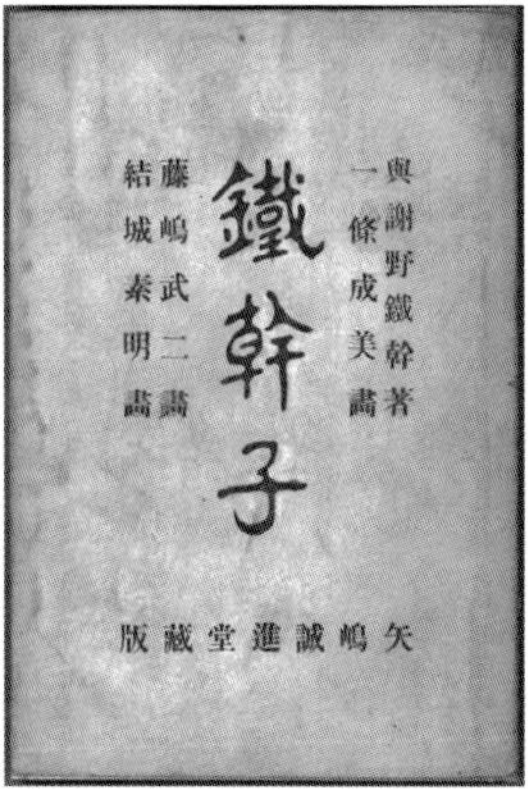

第3詩歌集『鐵幹子』

名を惜むかなをとこゆゑ
友のなさけをたづぬれば
義のあるところ火をも踏む

くめやうま酒うたひめに
をとめの知らぬ意氣地あり
簿記《ぼき》の筆とるわかものに
まことのをのこ君を見る

あゝわれコレッヂの奇才なく
バイロン、ハイネの熱なきも
石をいだきて野にうたふ
芭蕉のさびをよろこばず

（抄）

近代短歌の革新をめざした鉄幹は、運動の母体となる東京新詩社を創設し、1900年4月には機関紙「明星」を創刊した。岡山には東京新詩社の第6支部（岡山市門田16番邸）を置き、関西青年文学会の岡山支会（堺支会には鳳晶子が在籍）として活動していたみさを会（岡山の医学校の生徒らにより作られた新派和歌のグループ）を「明星」の傘下に入れるべく来岡している。鉄幹のみずみずしい浪漫精神は時代の要求を先どりし、文学青年の心を捉えていて、その機関紙「明星」は新しい論説、小説、美文、翻訳詩、新体詩、短歌を盛り、地方在住の文学青年らの渇きをみたすに十分の内容であったのである。1900年8月11日関西青年文学会岡山支会の主催による講演会が開催され「講師、与謝野鉄幹、非常の盛会」と「明星」七号に掲載されている。この時詠まれた歌がある。

吉備の子のあたらしき歌ききにきて
　　我頬ひたしぬ旭川の水

鉄幹

鉄幹・晶子　薄田泣菫との親交

薄田泣菫（1877年〜1945年）

詩人・随筆家　浅口郡連島村（現倉敷市連島町）生まれ

1899年、処女詩集『暮笛集《ぼてきしゅう》』を刊行して大評判となる。以来、『ゆく春』、『志ら玉姫』、『二十五絃』を刊行し、島崎藤村後の第一人者として、明治詩壇の頂点を極めていった。1906年に刊行した詩集『白羊宮』を最後に詩作を離れたが、新体詩（文語定型詩）を発展させた大きな功績があった。大正以後は、大阪毎日新聞に入社、芥川龍之介、菊池寛などの新進作家を積極的に発掘しながら『茶話』『艸木虫魚』などの随筆集を書いた。1945年連島の生家にて死去。

詩に痩せて戀なきすくさせても似たり年はわれより四つしたの友　鉄幹

すきなく泣菫さまのために、あゝしてかかげたまひし君うれしく候　晶子

一　鉄幹、泣菫との出会い

鉄幹が詩歌革新の旗を掲げ、東京新詩社の創設に向け活動をしていた頃、1899年11月に泣菫の処女詩集『暮笛集』が出版され大評判となっていた。『暮笛集』が発刊されると鉄幹は、面識もない新人の泣菫に対して「暮笛集―薄田泣菫君を想慕して―」と題する詩を「國文学」（1900年1月）に掲載し、詩の形で『暮笛集』を称揚したのである。

「暮笛集―薄田泣菫君を想慕して―」

石をつつみて玉といふ
なほ軽薄の世をゆるせ
玉をねたみて石といふ
げに我どちの堪ふべきや

処女詩集『暮笛集』
初版（絹糸綴じ）

鉄幹は、石を包み玉だと欺《あざむ》くような軽薄な世の中はまだしも許すとして、玉をねたんで石だと言い張るような輩《やから》には、実に我々は堪えることができようかと泣菫を評価し且つ励ましているのである。

この詩壇の未知の先輩である鉄幹の賛辞に対して、泣菫は、同じ詩形の七五調四行詩「鉄幹君に酬《むく》ゆ」を「ふた葉」（1900年1月）に掲載し、返礼とした。

「鉄幹君に酬《むく》ゆ」

煩《わずら》ひ多き世を避けて
いま詩の領に甦《よみがへ》る、
娶《めと》らず、嫁《ゆ》かず天童の
潔《きよ》きぞ法と思ふもの。

聞けば秀才《すさい》ら君を推《お》し

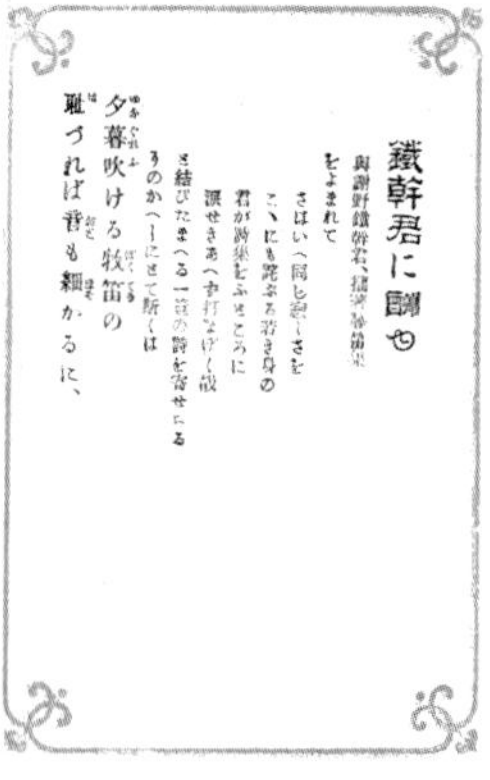
鐵幹君に酬ゆ

與謝野鐵幹君、[illegible]
をよまれて
さはいへ同じ[illegible]さを
こゝにも[illegible]若き身の
君が詩集[illegible]ところに
涙せきあへず打なげく哉
と結びたまへる一篇の詩を寄せたる
うのかへ[illegible]にて斯くは

夕暮《ゆふぐれ》吹ける牧笛《ぼくてき》の
聴づれば音《おと》も細《ほそ》かるに、

第2詩集『ゆく春』（1901年）

都に詩歌の集會《しゆゑ》組むと、
誉《ほまれ》ある名を身に享《う》けて、
桂の冠《かんむり》ながく得よ。

泣菫は「娶《めと》らず、嫁《ゆ》かず」と、生涯独身で詩を書く覚悟を示し、「都に詩歌の集會《しゆゑ》組むと」と鉄幹の「明星」に繋がる東京新詩社結成を祝福している。

東京新詩社は1900年4月機関紙「明星」を創刊した。鉄幹は、創刊号には泣菫の「夕の歌」を島崎藤村の「旅情」、後に改題し「小諸なる古城のほとり」と並んで掲載しており、泣菫に対する評価の大きさが分かる。

鉄幹が泣菫と初対面するのが同年8月に東京新詩社の支部拡張や「明星」の宣伝を兼ねて大阪

明星

主筆 與謝野鐵幹

「明星」創刊号・主筆与謝野鉄幹

にやって来た時である。鉄幹は、泣菫との面識を得て次のような歌を詠んでいる。

〈泣菫君と話す〉

詩に痩せて戀なきすくせさても似たり年はわれより四つしたの友

大阪訪問中の鉄幹は、既に「明星」誌上に歌を寄せていた鳳晶子（後の与謝野晶子）と初めて対面し、晶子は鉄幹を囲む歌会に初めて参加した。

晶子は、『暮笛集』発刊以来泣菫から大きな影響を受けていた。「明星」第8号（1900年11月）には泣菫の新体詩「破甕《はおう》の賦《ふ》」が、巻頭に大きな4号活字で掲載される栄を与えられ評判になった。

鳳晶子は、堺の生家で「明星」巻頭に大きな活字で掲載された泣菫の詩を見て、鉄幹に《すきな〳〵泣菫さまのために、あゝしてかかげたまひし君うれしく候。》と手紙を送り「明星」第10号の「絵はがき」欄に掲載された。

泣菫と鉄幹（1901 年 3 月）

二　鉄幹『紫』と晶子『みだれ髪』

鉄幹の代表的な詩歌集『紫』が１９０１年４月に東京新詩社より刊行された。これまでの鉄幹は、怖いもの知らず、その国士然とした作風のため益荒男《ますらお》ぶりの「虎の鉄幹」との異名があった。鉄幹が「明星」の中で「恋を象徴する色」の「紫」を書名としたので驚きを持って受け止められた。晶子との恋により「虎の鉄幹」から、浪漫的な「紫の鉄幹」へと変貌したのである。

『紫』の巻頭歌は次の歌である。

われ男《を》の子《こ》意気の子名の子つるぎの子
　詩の子恋の子あゝもだえの子　鉄幹

《自分は男子である。人生意気に感じ、名を重んじ、剣を持って立つ男である。詩人で恋多き男である。あゝなんと果てしなき悩みに身を焼く男であることよ。》

晶子は1901年6月、堺を家出同然で出奔し、東京渋谷の鉄幹の家に身を寄せた。上京からわずか2ヵ月後の8月、時代を拓く歌集『みだれ髪』が鳳晶子の名で東京新詩社から刊行された。鉄幹の『紫』と、相互に強い影響が見られるといわれる。

『紫』の巻頭短歌に呼応して『みだれ髪』には次の歌が見られる。

かたちの子春の子血の子焔《ほのほ》の子
いまを自在の翅《はね》ならずや　晶子

《私は今ここにかたちとしてある。春のように若く萌え血潮にあふれ炎のように燃え盛って、今を自在に飛び廻る羽を持っている。》

鉄幹第4詩歌集『紫』
（1901年4月）

なお、晶子の代表的な次の歌も『みだれ髪』に載っている。

やは肌のあつき血汐にふれも見で
　　さびしからずや道を説く君　晶子

【体裁は悉く藤島武二先生の意匠に成れり表紙画みだれ髪の輪郭は恋愛の矢のハートを射たるにて矢の根より吹き出たる花は詩を意味せるなり】

鳳晶子『みだれ髪』（1901 年 8 月）

晶子の第1歌集『みだれ髪』の刊行が成功裏に終わった直後の1901年10月1日、鉄幹と晶子は結婚して名実ともに夫婦となる。鉄幹28歳、晶子23歳。

三　君に捧げまつる

『みだれ髪』発刊2ヵ月後の10月に泣菫の第2詩集『ゆく春』が出版された。早速、鉄幹は「明星」第17号において「君に断言す、『行《ママ》く春』は今の詩壇において最も高く最も優れたる詩集なり」と絶賛した。

『ゆく春』出版のあと、泣菫は大阪谷町の本長寺という法華の寺に居を移した。鉄幹と晶子は、修行僧のような

泣菫・大阪谷町本長寺にて（1902年）

泣菫を心配して、慰めの短歌を贈っている。

かりずみの堂の夜寒のものぐるひ　忘れて梅に達磨を焚くな　鉄幹

わかき君のきさらぎ寒《さむ》の堂ごもり　勢至菩薩に梅ねたまれな　晶子

泣菫は、1904年2月、日露戦争の勃発に伴い連島の生家に帰郷し、詩作に専念していた。6月には鉄幹、晶子の依頼により、次男に「秀《しげる》」と命名した。「秀」の長男が与謝野馨氏（元財務大臣・備前市日生駅前の晶子歌碑に揮毫）。

晶子は同年9月、戦争と肉親愛を主題にした衝撃的な詩「君死にたまふことなかれ」（副題・「旅順口包囲軍の中に在る弟を歎きて」）を「明星」に発表し、世間を大論争の渦に巻き込んでいった。

1905年1月に与謝野晶子、山川登美子、増田雅子3名の合同詩歌集『恋衣』が刊行され、〈**詩人薄田泣菫の君に捧げまつる**〉の献辞が記されている。

なお、鉄幹は1905年に鉄幹の号を廃し、本名の寛を唱えた。

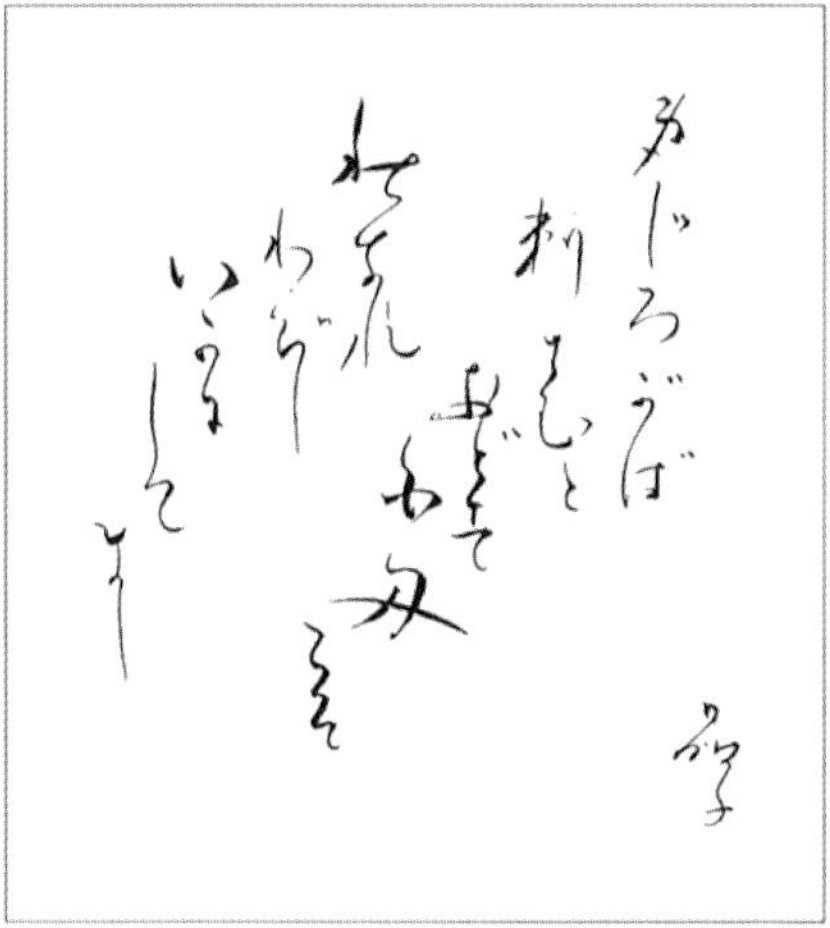

泣菫が所持していた晶子の色紙

身じろがば
刺さむと
おどす
白刃
こそ
秋なれ
わびし
いかに
して
まし

歌集『夏より秋へ』

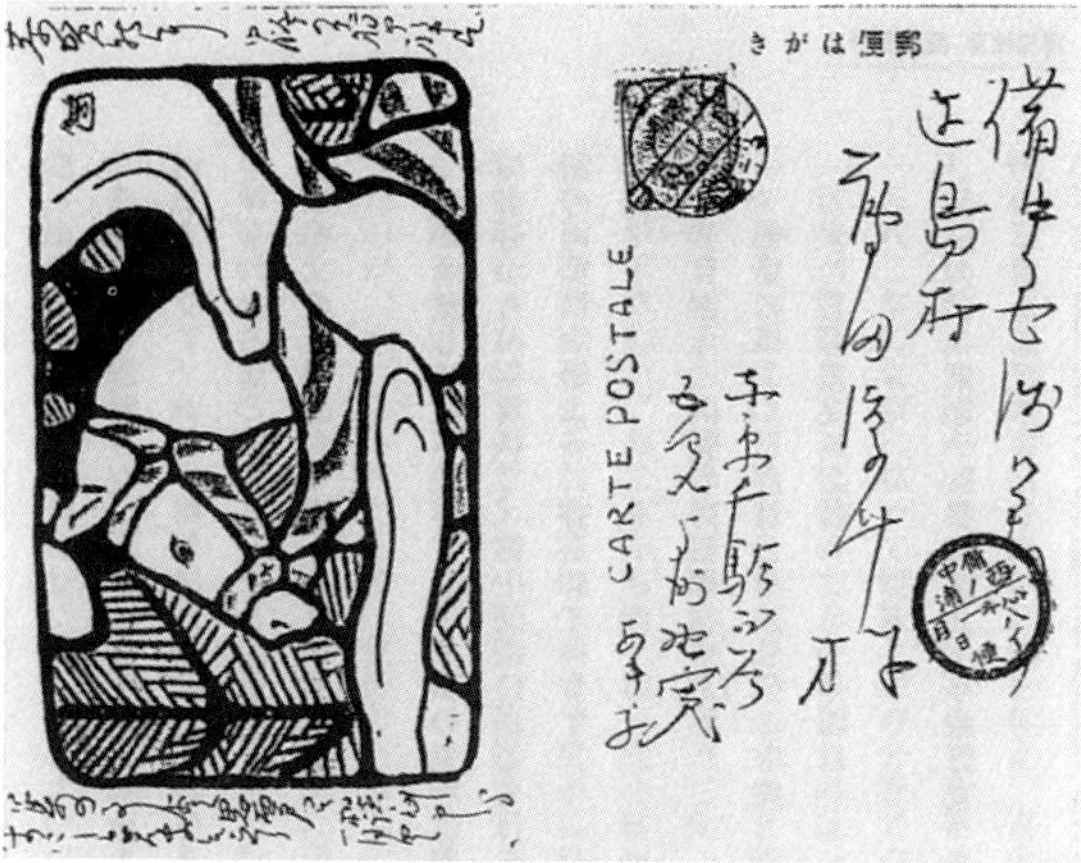

与謝野寛・晶子夫妻の年賀状（1906年１月６日）

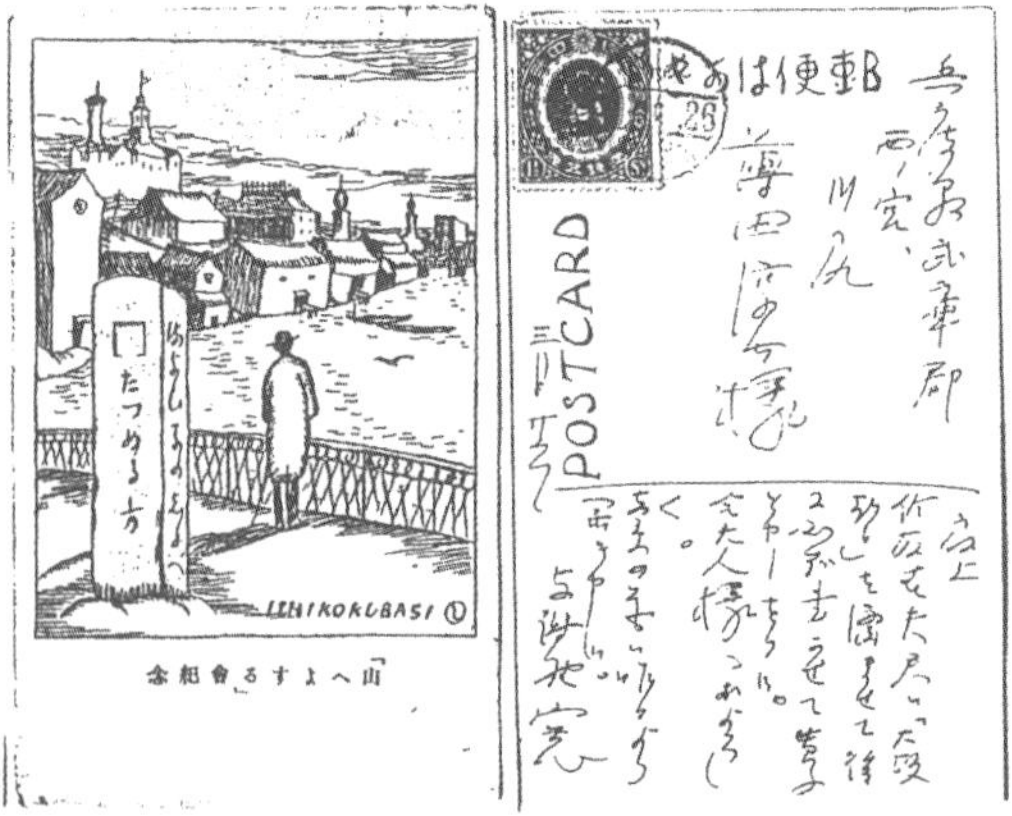

与謝野寛の葉書（1920年３月26日）

寛・晶子　正宗敦夫との親交

正宗敦夫（1881年～1958年）

国文学者・歌人　和気郡穂浪村（現備前市穂浪）生まれ

長兄忠夫は小説家（正宗白鳥）、次弟得三郎は洋画家。兄の白鳥が中央文壇で名をあげたのに対し、次男だが父の言いつけで郷里に留まり家業を継ぐ。10代から歌を詠む。1909年に「歌文珍書保存会」を結成し、歌人の家集を謄写刷りで会員に配る。1906年歌学雑誌「国歌」を創刊する。

わが敦夫和気の家より出でねども　世の人知りぬ開きたる道　寛

1925年、与謝野夫妻と共同で『日本古典全集』の刊行を始め当初の70冊までは共同編集であったが、残り196冊は独力で20年かけて編集刊行した。1931年、十数年の歳月をかけ万葉集の歌のすべての用字をまとめた『万葉集総索引』を編集して評価されるなど国文学界に多大の貢献をした。1932年、岡山万葉学会を興す。1936年、正宗文庫を設立し収集した貴重な書物や研究資料を収めた。他に『蕃山全集』を編集。1952年、高等小学校だけの学歴ながら文部省の認可によりノートルダム清心女子大学教授に就任した。1958年死去。正宗文庫は現在も大切に維持管理され国文学の研究に供されている。

生家跡と路地をはさむ住吉神社に敦夫の歌碑があり、紀元2600年記念（1940年）に地元有志から頼まれて作った歌が万葉仮名で刻まれて建っている。

敦夫・正宗文庫前
（岡山文庫 41「岡山の短歌」から）

一　寛、敦夫との出会い

敦夫は代々続く素封家亀屋の次男として生まれた。生涯、質素勤勉に徹し、他の兄弟と違って、生まれた和気郡穂浪村を離れることはなかった。

長男でありながら家を捨てた白鳥は、敦夫について「家に留まって父を助けることになったのだが、それは一生の損になったようなものだ」とし彼の顔を「損な生活をした男の一例として見るのであった」と「人間嫌い」に書くのである。

敦夫は父の命で日用雑貨の店を始め、岡山へ品物の仕入れに通う傍ら、1897年に岡山医学専門学校の眼科教授であった井上通泰（民俗学者・柳田國男の兄）と出会い、最初は作歌の指導を受け、1899年、正式に歌道（和歌の作法、歌学）に入門した。歌人としての通泰は桂園派（香川景樹の流れをくむ一派）で、鉄幹の新派和歌には目もくれていない。また、敦夫も新派和歌の活発な動きとは全く無縁で、東京新詩社の華やかな「明星」の時代を全く知らなかった。

桂園派は、和歌の本質を「しらべ」におき明治期の宮中御歌所の中心勢力となっていた。井上は岡山を去った5年後の1907年宮内省御歌所勅任寄人となり、歌会常盤会の選者を務めた。森鴎外（小説家・医師）が同会の幹事であった。敦夫は常盤会を通じ井上社中として名を馳せていき森鴎外とも近づきになった。上京のたび陸軍省に鴎外を訪ね、何かと指導を受けるようになる。

森鴎外は寛を評価した人でもあった。「一体今新派の歌と称しているものは誰が興して誰が育てたものであるか。此問に己だと答えることの出来る人は与謝野君を除けて外にはない。」（『相聞』1910年）と高く評価している。このことは敦夫にとっても幸運であったといえる。

敦夫は、1910年8月に、寛の父礼厳の十三回忌法要を記念した『礼厳法師歌集』の贈を寛より受けた。「礼厳師が八木立礼の教を受

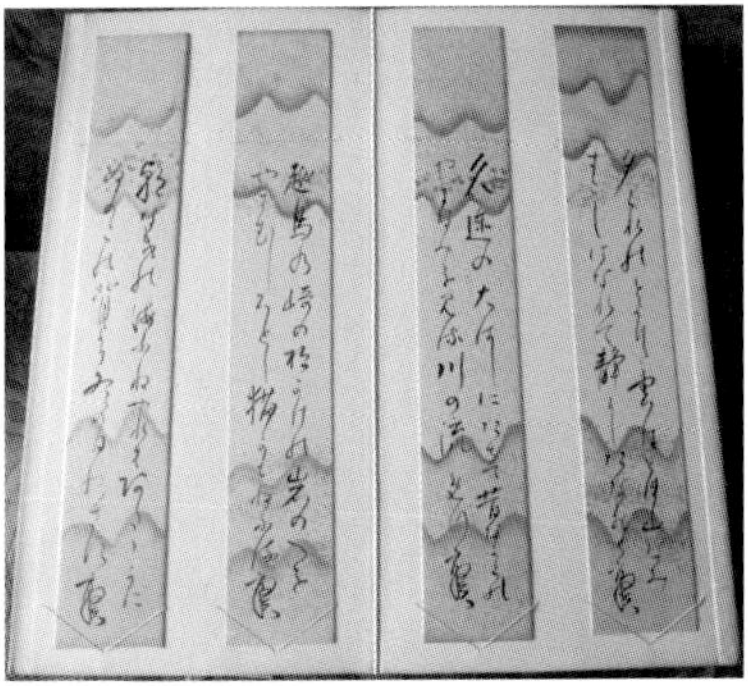

敦夫・歌短冊

けられた事があるので、私が立礼の著作を歌文珍書保存会から出版した事があるので、私が礼厳師の有縁者として御贈り下さった事と思はれる」としている。このことが寛と晶子の交流の始まりである。その後、1914年に上京し与謝野家を訪ねてからは、度々上京し歌会に参加するなど交流を深めていった。1916年頃から敦夫が歌の添削を求め夫妻が応じた歌稿が残っている。

1917年5月、与謝野夫妻が六甲から九州へ旅行に行く途中、正宗家に立ち寄り一泊している。敦夫によると、晶子に「この時にかなり歌を詠んだが、その時のノートを紛失して歌が無くなった」と後日云われたという。幸い短冊に書かれて敦夫が保管していた歌は残った。

縄はりて鴨かふ川の上に鳴る松の嵐もなまめかしけれ
空と海山のあひだにうすきして麥のはたけの光る夕ぐれ
入海の青と山邊のみどりをば北と南の窓あけてめづ
和氣の海まへなる山はおほとりのつばさのごとくあてにめでたし

たそがれの入海にうつ波よりもいみじく白くつづく道かな

和氣ノ海皐月の朝の雲なびく余らをうつしてあえかにも鳴る

茶の味のきのふをととひまたこよひかはるもさびし旅のこころに

与謝野夫妻は、翌日に岡山の後楽園を訪れ、玉島にも立ち寄り九州に向かった。

１９１８年の夏休みは、与謝野夫妻の長男光と次男秀が正宗家で過ごしており、晶子からの敦夫・貞子宛のお礼の手紙が残っている。

大正7年8月22日　正宗敦夫宛晶子書簡

〔毛筆和封筒縦21・2横8・4　毛筆巻紙縦21・5横１４２〕

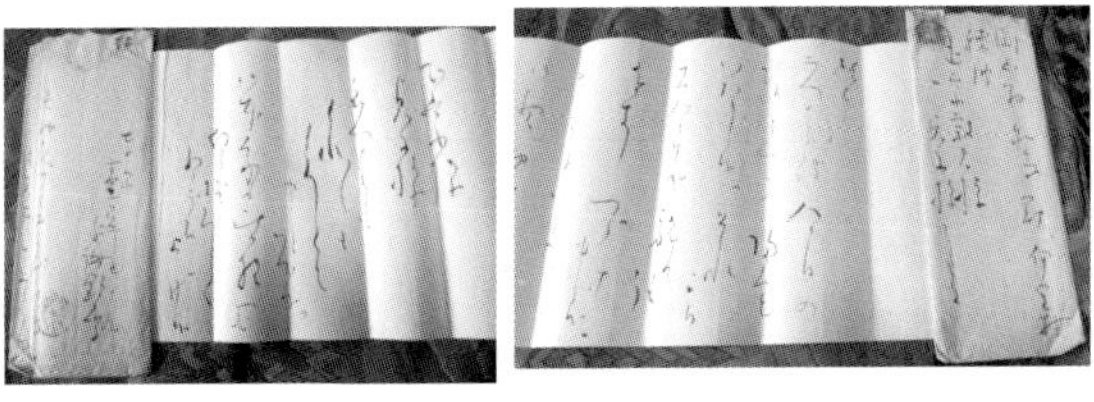

敦夫・貞子宛晶子のお礼手紙（1918 年8月22日）

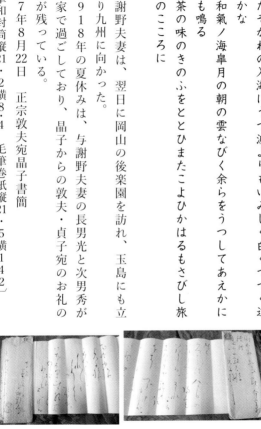

消印　岡山片上7・8・24／九段7・8・22
（表）岡山縣、和気郡、伊里村　穂浪　正宗敦夫様　貞子様　ミもとに
（裏）東京　富士見町五ノ九　与謝野晶子

色紙たんざくおかげさまにて見本まゐり候

啓上

二人の子供今日のひるまへに帰宅いたし候。それより只今まで旅の話をなしつゞけ申候。まことにいろ〳〵御親切なる御世話頂き候よし。また岡山までもおゝくりいたゞき見物を初め宿りのことまで御心づかひ下され候よしかへす〳〵かたじけなく候。言葉にて御禮を申し上ぐることこゝろをつくすことゝもおもはれ申さず何ごとも涙ぐましく存じ候ひしとのみ申し上げ候。

嶋のこと海のこと山のことそれらの話もなつかしく候ひし。御土産まで頂きおそれ入り参候。何とぞ来年はお二方様にて御来京下されたくお二方に

しきりにお目にかゝりたく御覚え申候。とりあくず帰り候の御しらせまで

廿二日

晶子

正宗様

貞子様

良人よりもくれぐもよろしくと申しいで候。御本家の皆様へも何とぞよろしくねがひ上げ候。

二『日本古典全集』刊行始まる

1925年9月の「明星」に日本古典全集刊行趣旨が載った。編集並びに校異校正者として、与謝野寛、正宗敦夫、与謝野晶子の3人の名がある。「我国のあらゆる古典の中より、一般文化人として、専門の学徒として、必読すべき代表的

の書物全部を選択し」とあり「原著五百種、本書一千冊」を漸次刊行すると告げている。

全集出版の経緯については、敦夫が「与謝野先生の思い出」（「冬柏」1935年5月）の中で語っている。

「大正十四年の春であったかと思う。富士見町の二階で雑談に夜を更した。その時に、平野万里君が来ていて上代からの歌を集めて本にする話が出た。その時に私もお手伝いをしましょうかと云うと、先生が君には別な事業の計画がある、その方を是非手伝って貰いたい。何れくわしい事を相談協議しようと云われた。その計画が日本古典全集で有ったのである。」

寛は支援者である森鴎外が宮内省図書寮の図書頭に就任したころから、図書寮の本の複製出版を考えていたが、鴎外の死（1922年7月）、関東大震災（1923年9月）などにより、計画は途切れていた。これまで歌文珍書保存会を主宰し、古今の典籍出版を手掛けてきた敦夫を片腕とすることにより全集出版に進出したのである。

東京は関東大震災で灰燼に帰し、数多くの書物も失われた中で、寛の創意による小型の廉価本として『日本古典全集』は、当初20期５００種を逐次刊行する予定であった。１９２５年４月から寛、晶子、敦夫と３人で編集、校訂に当たって刊行が始まった。寛52歳、晶子47歳、敦夫44歳である。円本《えんぽん》（定価が１冊１円均一の廉価な全集類の俗称）の先駆けとなった。

『日本古典全集』表紙

中表紙

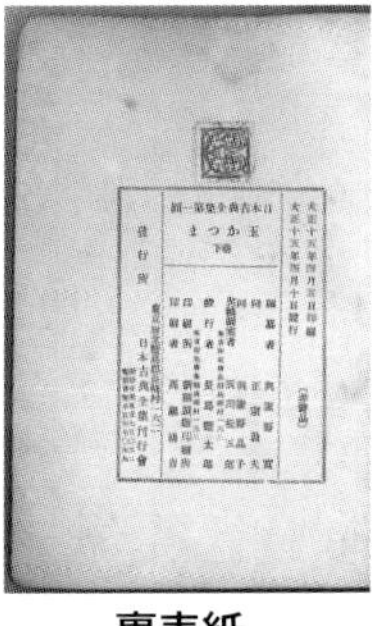
裏表紙

『日本古典全集』に対抗するように岩波書店が1927年に創刊したのが『岩波文庫』である。『日本古典全集』は予約注文だけの販売で、第2期予約募集とともに第1期50冊の再版予約募集をするなど好調な滑り出しであった。しかし、それも第2期までだった。もともと資金を持たず、文学者が壮大な理想を追い求めた結果、刊行の完遂は破綻していく。

敦夫は『日本古典全集』の困苦について「与謝野先生の思い出」の中で吐露している。

「先生が理想的に走られる為に、原稿の制作、組版校正の上に非常なる手間を要する。・・・・先生の理想にかなへるようにしてゐては、刊行の期日が大に遅れて、読者にすまぬ事となり、一方出版社も迷惑する。そこは予約出版の苦しい點であるが、先生は読者がどうでも、出版社がどう有らうとも、理想通りやらねば気が済まぬ。この點では、私は理想は理想としても、事業は事業として、多少は理想を遠ざかるやうな事が有つても、曲げて早く本を出さねばならぬ。という気持ちで先生に苦情を云ふ。是れには夫人も傍で御困りの様であつたが、実際問題としては私の云ふやうにせねば事業の行つまりと成る事は免れぬ所であるから、夫人も私に加勢せられて、理想はさて置いて兎も角も本を出す事に全力をそそいではと云ふ事になると、先生は大不機嫌で決して私達の説をば聞き入れられない。」

と苦悩が書かれている。寛と敦夫の間に立って、もっとも苦しい思いをしたのは晶子であった。

本が予告通り出なかったのも事実であるが、夫妻が古典全集から手を引いた経緯の詳しい所はわからないが他に理由があった。

兄の正宗白鳥の「人間嫌い」に書く所などによると「出版元を初期の成功に気をよくした歌人が派手にやろうとして株式会社とした」「出版は成功していながら、経営がよろしきを得ない」ために破綻したようだ。白鳥の許へも千円の出資依頼の手紙が届くも「余分のお金は御座いませんから、お断り申します」と直ちに簡単な返事を出したという。さらに丸ビルの内に寛が事務所を設け、敦夫が上京してその事務所を見た後で「新しい社員が出来たって、今行ってみたら玉突きといふものをやったりしとった」と不平らしい口調で言ったと書き、彼の胸の中を察して「自分は田舎の家では毎晩おそくまで起きてゐて、写本だの校訂だの印刷の校正だのと面倒な事に頭を労してゐるのに、月給取って玉突きとは何事ぞと私は彼に代わって思ふところであった」と兄白鳥の怒りは収まらない。

第三期からは、寛と晶子は退き、敦夫が孤軍奮闘して1946年までに267冊が刊行された。

晩年の敦夫が『日本古典全集』について岡山朝日高等学校の生徒のインタビューで本音を語られている。

「与謝野さんが、日本の古典を安う、西洋はなんでも安い小さいのがあるから、それをまねしようとしたんじゃが、大将その仕事になまけ坊主じゃ、だから大将に任せておりゃ夫婦で遊んでよう出さんから、二刊（期）後はわし一人でやったんじゃ。大将好きな奴はやったが、わしがやった。一期と二期の少々は一緒にやって、その後は放っていたよ。ああいう仕事は根気がいるからなあ」と。

敦夫の恩顧を受けた有志がまとめた『正宗敦夫著作目録』（１９８７年）に「在郷独学の巨星に思う」と題する当時山陽学園短期大学名誉教授大岩徳二氏の文が掲載されている。晶子の気配りある優しい人柄が窺《うかが》われるので紹介しておきたい。

「敦夫先生のことを語るとなると、どうしても晶子女史との出会いのことから始めねばならない。

昭和四年春、折口信夫（釈超空）、武田祐吉、金田一京助など、高名な教授陣ひしめくあこがれの国学院大学予科に入学した私は、喜びの余勢を駆って晶子女史のご自宅をお訪ねしたのであったが、開口一番「敦夫先生とご同郷の岡山ですか。それにわたし、国学院が大好きです。」そうおっしゃって即座に、「生ける世の第一の道を知らんとす若木の台の群」という歌をお書きになり、その美しい色紙を頂戴したのである。白面の一書生、しかも初対面の私にである。ひとえに、世紀の大出版『日本古典全集』をご夫君寛氏と共になされた敦夫先生の余徳を蒙ったためであると思い、熱い激を禁ずることができなかった。因みに、若木の台というのは、国学院の所在地のことである。」

「岡山万葉学会」記念写真
(1933年2月)

昭和に入ってからの敦夫は、『日本古典全集』の編纂出版のかたわら1931年『万葉集総索引四巻(4500頁)』を刊行した。

1932年、岡山万葉学会が創立され、月1回敦夫が万葉集を講じた。翌年2月15日、万葉集巻一の講義が終講となり、敦夫中心に31名の会員で記念写真を撮っている。1933年の寛・晶子の岡山の旅はこの岡山万葉学会が迎え入れた。

寛・晶子の岡山の旅

一　寛・晶子の旅

晶子には、「旅に立つ」という歌がある。

この歌は1912年5月5日、6ヵ月前に渡仏した寛のもとへ単身ウラジオストックからシベリア鉄道に乗り込んだ際に詠んだ絶唱である。ウラジオストックのロシア極東大学には「旅に立つ」の詩碑が建っている。

旅に立つ

いざ、天の日は我がために
金《きん》の車をきしらせよ。
颶風《あらし》の羽《はね》は東より
いざ、こころよく我を追へ。

黄泉《よみ》の底まで、泣きながら

頼む男を尋ねたる
その昔にもえや劣る。
女の戀のせつなさよ。

晶子や物に狂ふらん。
燃ゆる我が火を抱きながら、
天《あま》がけりゆく、西へ行く、
巴里《パリ》の君へ逢ひに行く

（『夏より秋へ』）

1908年に「明星」100号で終刊後、不遇の日々を過ごす寛を再生させるため、晶子は寛の念願だった渡欧を実現させようと資金集めに奔走した。ようやく、1911年11月8日、熱田丸でパリに向かう寛を神戸港で見送ることが出来た。パリの生活を謳歌し見聞を広めた寛は、晶子にも熱心に渡欧を勧めてきた。7人の子供を抱え、旅行は不可能と考えていた晶子だが、次第に寛の不在に耐えきれなくなり、渡航費の目処が立つと子供たちを寛の妹に託し、パリへと旅立ったのである。

晶子がパリに降り立って、最初に詠んだ。

ああ皐月《さつき》仏蘭西《フランス》の野は火の色す　君も雛罌粟《コクリコ》われも雛罌粟《コクリコ》　（『夏より秋へ』）

寛との再会の歓喜と重ね合わせて、丘陵一面に咲き誇る真紅の雛罌粟《コクリコ》（ひなげし）に心を奪われて詠んだ。追いかけてやって来た晶子の鼓動が生き生きと伝わってくる。

このヨーロッパの旅は、二人の関係やそれぞれの創作に新風をもたらし、ヨーロッパの「個人主義」を体感した晶子は、帰国後も次々に子供に恵まれ、作歌活動や評論活動にますます邁進していくようになる。

二人の旅行はすでに大正期から頻繁にあったが、子供たちが大きくなり独立し始めた昭和期に入ると頻度が増してくる。

１９２９年７月から８月にかけて24日間の福岡、大分、宮崎、鹿児島方面の旅では「何れも勝手に歌さへ詠めばよいと云うのは、私達に取つて全く無条件に等しい招待である。」（『街頭に送る』）という姿勢である。極端に旅が多くなるのが１９３０年に「明星」の後継誌として新たに新詩社の機関誌「冬柏《とうはく》」を創刊した頃からである。

「明星」の後継誌「冬柏」

　同時に晶子の旅に対する意識も変化してくる。１９３１年、北海道から九州まで全国各地を訪問している。これらの旅では、土地の有力者や歌人仲間の招待により催される歌会や講演会に臨んだのである。その頃の書簡には「近年は旅かせぎを２、３度致して生活の調整をいたしており候」と書き、収入の手段が旅になったのである。大変な経費がかかる「冬柏」の発行費用は「特志な諸友の寄付と私共の揮毫謝儀で補い」あわせて「旅かせぎ」によって捻出されているのである。

これに生活費が加わる。「旅かせぎ」の言葉は複雑な晶子の内面を吐露したもので、招待旅行は楽ではない。せめて温泉好きの晶子のためにと、仕事場である歌会や懇親会場が温宿で行われることが多く、少しは心身の癒しになっただろう。のちに子息が語ったように「苦労の連続だったが、よく頑張った」のである。

各地では有名歌人与謝野夫妻の来訪を待ち焦がれていた。夫妻の旅先で詠んだ歌の多くは、地元の生活や景色、歴史、風土を織り込んで歌われている。2度の岡山の旅は、いずれも相当厳しい日程で各地を廻る吟行ながら夫妻は多くの歌を詠んでいる。

当時に想いを馳せて訪問地に建立されている歌碑を巡ると景勝地の景観と相まって旅情を誘う。

松山の渓を埋むる朝露にわが立つ城の四方しろくなる　寛

満奇の洞千畳敷の蝋《ろう》の火のあかりに見たる顔を忘れじ　晶子

二　北備渓谷の秋

①　高梁来訪の経緯

１９２９年10月、《私達夫婦は備中國高梁町の諸氏に招かれ、往復６日を費やして》末娘の六女藤子（当時10歳）を連れて高梁、新見を中心に紅葉の燃え盛る高梁川周辺の渓谷美の観賞に訪れた。寛57歳、晶子52歳の時で、著名な歌人夫妻としてすでに名声を馳せていた。

夫妻を高梁へと案内した芳賀直次郎氏（写真館「芳賀芙蓉軒」経営）のインタビュー記事が、新見を拠点とする備北文学会機関誌「備北文学」19号（１９７７年刊）掲載されている。事の始まりは以下の様だった。

上京した際に、高梁中学の同級生の友人ロシア文学者米川正夫を東京の柏木町に訪ねたところ、近所に与謝野夫妻がおられるので紹介しようという話になり家に案内してもらい歓談しているうち「高梁はなかなかええ所らしいが、一度遊びに行ってみたいな」と言う話がでたので、「そりゃーぜひ一度来てください。案内しますけえ」となり、来訪が決まったのだ。

晶子はこの高梁への旅の印象を「北備渓谷の秋」と題して、随筆集『街頭に送る』（1931年刊）に簡明で鮮麗な文で記している。

随筆集『街頭に送る』

② 熱烈な歓迎

高梁では、町村長以下地元有力者にとどまらず、大勢の有志が日々、与謝野一行に加わり下にも置かぬ熱烈な歓迎だった。晶子は《出発前の約束と違ってそんなに大袈裟な待遇を受ける事は、その厚意を十分に感謝しながらも、実は有難迷惑に思われた。》ようだ。

まずは、宿を高梁の油屋旅館に定めて、一行を伴い阿哲峡（新見）満奇洞（同）宇戸渓（井原市美星町）などを5日間にわたって吟行したのである。

訪問先

1929年（10月27日～31日）

「高梁町」「高梁中学」「備中松山城」「宇土渓」

「鬼ヶ嶽」「鏡川（晶子が命名）」「山中鹿之助の碑」「方谷園」

「山田方谷先生夫婦の墓」「真木山の大鍾乳洞」「阿哲峡」「方谷林」

「頼久寺」「順正高等女学校」「総社駅」「豪渓」

「宝福寺」「吉備津神社」「岡山駅」

③　清清しい高梁の町

《高梁町は板倉子爵の舊藩《もと》五萬石の城下町で、今も山の手の士族屋敷と川に沿うた下町とに區分《くぶん》されてゐる。山を四方にし、中に川を擁《えう》する地形も、小ぢんまりとして落ちついた傳統《でんとう》的な市街も、さながら京都を小くしたやうであり、殊に掃除が裏町の隅隅にまで行届いて正月の街のやうな感じを受ける清清しさは、他に例の無い事である。工場地でないのと、輕薄な文化住宅趣味がまだ侵入しないのとで、煙突やペンキ塗の目障りが無く、山陽道共通の白壁の多い建築が瓦屋根を並べて松其他の木立の間に隠見《いんけん》し、四方のどの山からも、よい曲線を持つ川の流れと沙原《すなはら》と共に其街が俯瞰《ふかん》される。》

高梁の街のしらかべ杉並木
まへの川原も朝の霧ふる　寛

岡山県立高梁中学校講堂より高梁市街の一部遠望
（戦前絵はがき）

《私達の泊つた油屋と云ふ宿が川に臨んでゐて、上流から下流までが見渡され、對岸の諸山が近く迫り、朝霧と夕映に、居ながら變化の多い秋の溪谷の美の鑑賞されるのが好かつた。》

油屋の宵の障子を猶鎖さず
月は無けれど川霧を愛づ　寛

国道180号線に面した木造3階建ての「油屋旅館」。与謝野夫妻は、3階の部屋で4泊した。当時の高梁川は現在の国道の半分くらいの所まで砂利があり、細い道が通っていた。客室からはよく高梁川の流れを見ることができ、3階の夫婦の部屋からは特に眺めがよく方谷林も見え、清らかな高梁川の

昔の面影を残す高梁・油屋旅館

流れと朝霧は格別の情景であった。今では、河川堤防が築かれて3階に上がってもあまり高梁川の川面を見ることはできない。

④ 険しい坂道に悩み城山へ

高梁は秋から冬にかけて霧の深いのが一つの美である。ことに雲海の眺望はすばらしく、山々が大海の小島となり浮かんでいるようである。

高梁を霧のまばらに巻くものか
山の都をかざるけしきに　晶子

2日目は、朝早く起きて高梁中学の校庭に集まり、大勢の同伴者を従えて、朝弁当をもって標

雲海に浮かぶ備中松山城
（高梁市観光協会提供）

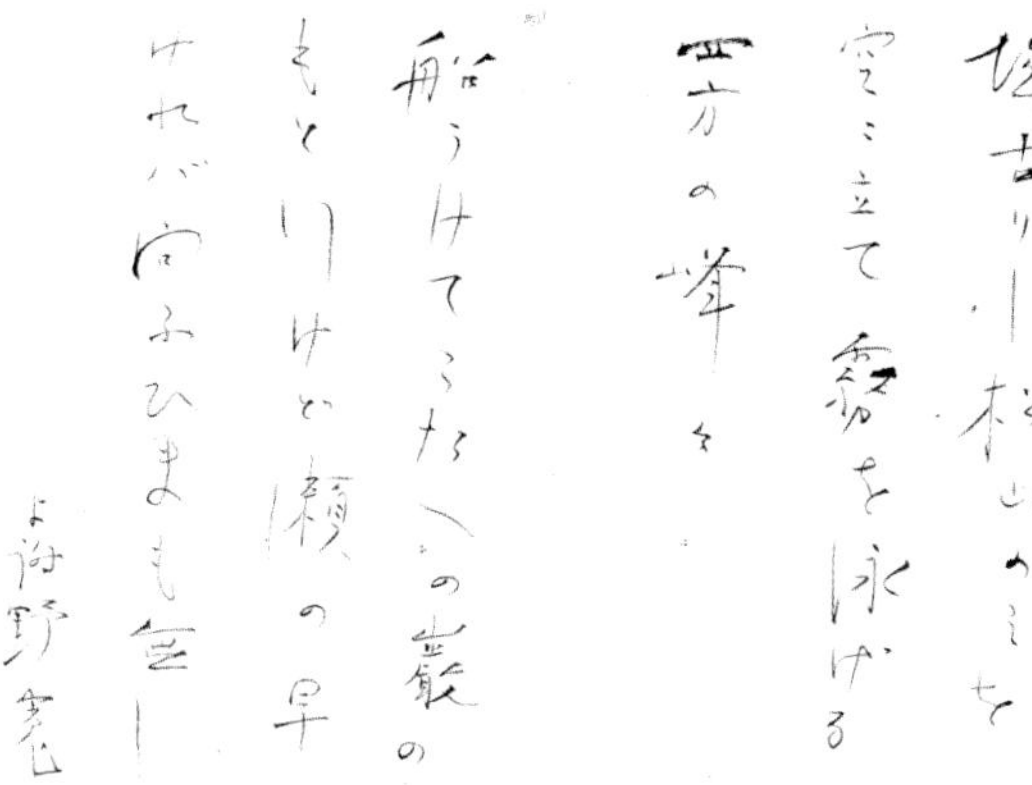

書（寛・旅詠）

高430米の備中松山城に向かったのである。足弱なうえに心臓の悪い晶子は、しばしば険しい坂道に悩んだ。ただ、驚嘆したのは素晴らしい朝霧であった。

城古りし松山のみを
空に立て霧を泳げる四方の峰々　寛

《舊城《きうじょう》の四の櫓の跡に出て巖に凭《よ》りながら見渡すと、下の廣い溪をのり糊とも云ふべき粘り氣のある白い霧の層で埋め、その向うに頂を見せた諸峰が何れも松を載せて嶋のやうに浮んでゐる。其處では一方しか見えないが、霧は今同じやうに私達の立つてゐる城山の四方の溪を埋めてゐるので、他の峰から眺めたら私達も空中の嶋の住人であらう。下界の方はそんなに霧の下であるが、私達は青澄んだ晴空を仰ぎ、既に高く昇つた朝日に照されてゐた。霧もまた光を受けて上質の舶來紙のやうに反射するのであつた。》

松山の渓を埋むる朝霧に
わが立つ城の四方しろくなる
寛

しらじらと溜《たま》れる霧の上走る
吉備の古城の山の秋風
晶子

備中松山城に建つ寛の歌碑

備中松山城にて寛、晶子、末娘藤子
『街頭に送る』所収

《頂上に達すると、一の櫓が天主閣だけを失ひながら、他は猶舊形《なほきゆうけい》を存する優麗な形の古城の下に出た。》

当時は荒廃が甚だしく、夫妻は寂しきなかにも往時を偲んだ。

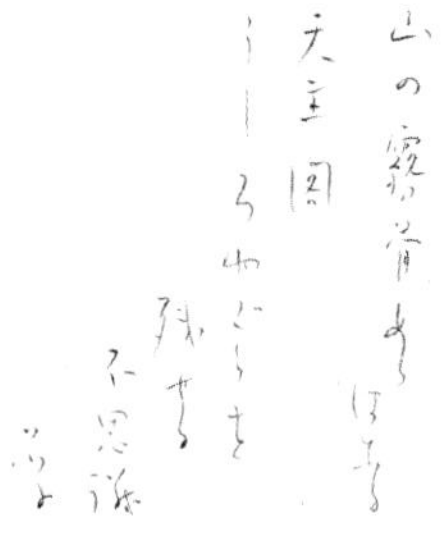

書（晶子・旅詠）

山の霧骨あらはなる天主閣　うしろやぐらを残せる不思議　晶子

瀬戸の海伯耆に霧の分れ去り　あらはになりぬ傷ましき城　晶子

晶子は、古城の前で霧海を見下しながら朝飯の弁当を開くのは二度と得がたい面白い経験であったとしている。現在の天守は国の重要文化財で、全国で唯一現存する山城の天守で最も高い所にある。数年前から城主は猫城主の「さんじゅーろー」で、雲海のあいまから空に浮かんで見える天空の城として人気が高い。

帰路には、霧も晴れて、見る山の一側は既に半ば紅葉して錦繍の壁掛を渓に掛け列ねたような姿を見ながら城山を下っている。

松山の城荒れたれど悲しまず　もみぢのなかを歌ひて帰る　寛

⑤　松茸狩りに興じる

備中松山城のある臥牛山から下山した夫妻一行は、午後には車でひと山越えて高梁川の下流を渡り、宇戸渓《うどだに》や鬼ヶ嶽温泉へ足を延ばしている。途中紅葉《もみじ》を交へた松山で松茸狩りを楽しみ晶子は初めての経験であった。松茸が籠一杯に採れ、つれて行った末の娘の藤子も声をあげて喜んだ。それから宇土渓を観て廻り、渓谷を見下す松蔭で中食《ちゅうじき》の弁当を開いた。晶子は望まれるままにその渓の一部に「鏡川《かがみかは》」と云ふ名を附けて水面の美しさを詠んだ。

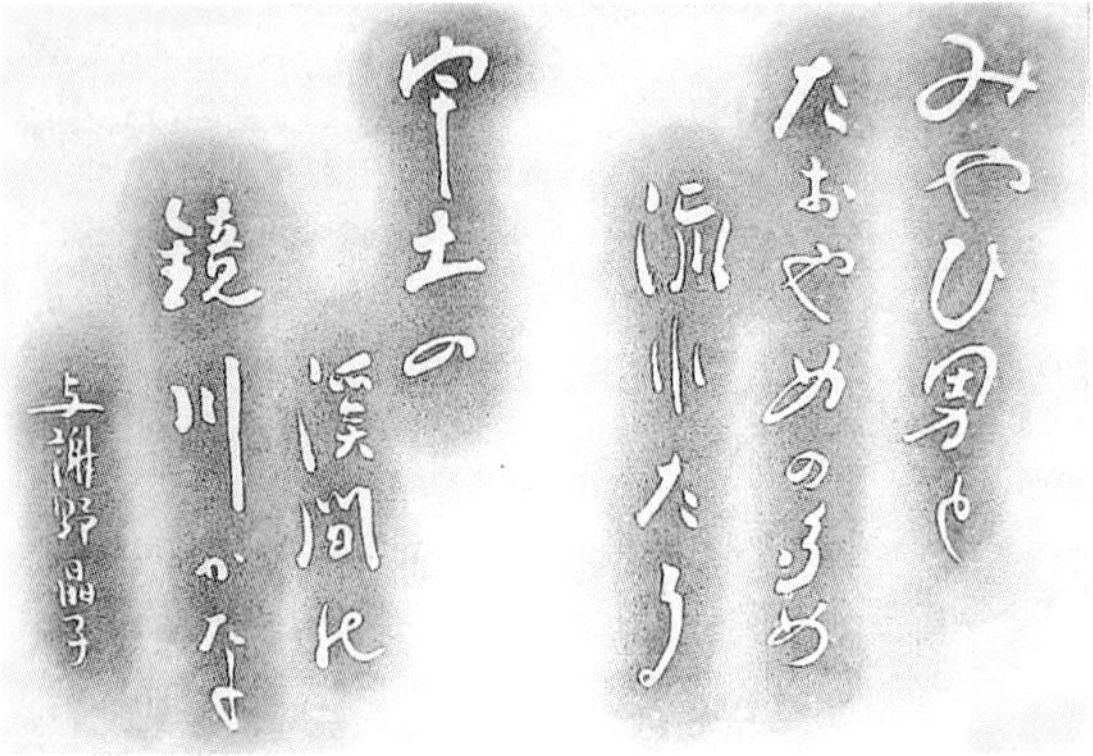

歌碑拓本（坂本亜紀児）

晶子歌碑（井原市美星町鬼ヶ嶽）

みやび男《を》とたおやめのため流れたる
宇土《うと》の溪間《たにま》の鏡川かな　晶子

宇土渓の帰途には、短い秋の夕暮れどきになった。高梁川の右岸の川原の上にある尼子十勇士の一人・山中鹿之助の碑の前に車を止め、この地で毛利氏の兵に殺された元亀天正の英雄を偶然にも弔った。晶子は《元来古今の武人に好感を持つてゐないのであるが、こんな感傷的な氣分になつたのは何の理由か解らない。》という。短い秋の入日の余光が悲哀の感情を呼んだのかもしれない。

⑥　満奇洞から阿哲峡（井倉峡）へ

3日目には、高梁川の上流の山中に入り、まず備中松山藩の改革者で大儒山田方谷先生の生地中井村に先生夫妻の墓を拝している。墓は先生を記念する方谷園の中にあって丁重に保護されていた。

（中井にて）
おち葉をも方《ほう》先生の園に來て子と　拾ふなりなつかしきため　寛

さらに隣村の豊水村の山中「眞木山」にある大鐘乳洞に向った。この鍾乳洞は、江戸時代末期に猟師が狸を追っているとき発見したといわれる。与謝野夫妻が、この地の槇《まき》という地名から「槇《まき》の穴」と呼ばれていた名称を地名にちなんで、奇に満ちた洞くつ―満奇洞―と命名した。横溝正史原作「八つ墓村」の映画ロケ地としても有名である。

夫妻は豊永村の役場の前で車を止め、そこで藁草履に履き替えて山道2㎞を登り、狭い入り口に到着した。

洞内にはもちろん電気はなく、蝋燭《ろうそく》の光だけが

満奇洞入り口

不気味に照らしていた。晶子は、洞内の様子を次のように表現している。

眞木山の鍾乳洞は奥行が二町あり、自然に幾室にも分れて第一室と第二室が最も廣い。誰も朱蠟燭《しゅろうそく》を手にして進み入つた。室毎に側室があり、龕《がん》があり、棚、柱、閾《しきる》がある。鏡、釣鐘、臥龍、池、畑、さまざまの奇形をした鍾乳石の大塊が行く處に薄明を透して望まれる。少しく屈《かが》まねばならぬ所、攀《よ》ぢ登らねばならぬ所、跌蹉《つまず》く所、幸ひ廿餘人の大勢なために心細くは無いが、冥府《よみ》の路を辿るやうな奇怪な光景である。良人は「何と云ふ偉大巧妙な自然の建築

満奇洞内

であらう」と云つてゐた。最後の室を「奥の院」と云ふ。そこから引返して第二室から第一室の入口の光を見た時は人の世に歸つた氣がした。

洞内の千畳敷では、むしろを並べ蝋の明かりにより地元民など約30人と歓迎の昼食会が催されている。晶子によると、《さながら山塞《さんさい》の食事である。》

満奇洞の入り口前には二人の歌碑が立入る者を歓迎している。

満奇洞内での記念写真（中央に与謝野夫婦と娘藤子）
芳賀直次郎氏写す

おのづから不思議を満たす百《もも》の房
　　ならびて廣き山の洞かな
寛

満奇の洞千畳敷の蝋《ろう》の火の
　　あかりに見たる顔を忘れじ
晶子

また別に寛単独の歌碑が付近に建てられている。

真木の洞ゆめにわが見る世のごとく
　　玉より成れる殿づくりかな
寛

（晶子）　（寛）

満奇洞入口に建つ歌碑

一行は、満奇洞を辞して、往路を再び過ぎて高梁川の沿岸に引返し、更に川づたいに草間村にさかのぼった。

廣石橋のやや上手《かみて》に船の用意が出來てゐた。この溪谷を阿哲峡と云ふ。溪に臨む石灰岩の岩山が三百米突《メートル》の高さで並立し、それに松、びやくしんの外、種種の紅葉を點綴《てんせつ》し、手ずれた古代白地錦《こだいしろぢにしき》の紋様を見上げるやうである。船は卅人を載せて出された。しばしば淺瀬の急流に乗つて危巖《きがん》の間を躍《おど》つて行く。私達は是れと似た遊び

阿哲峡（現在の井倉洞前）を高瀬舟で遊覧する一行
『街頭に送る』所収

を去年は保津川で、今年は犬山と筑後川で經驗したが、四山《ざん》の美が其等の溪谷に比べて、また別の特色を持つてゐるのを喜ぶのであつた。

夫妻一行は、阿哲峡（井倉峡）を広石橋から伊倉（井倉）橋まで約５㎞を高瀬舟で川下りして情景を楽しんだのである。

《私（晶子）は阿哲峡の岩山も奇景であるが、嵐山を幾つも並べたやうな沿岸の山の密林に、緑と紅《あか》と金色とを盛り上げた秋の色調を貴いものに感じるのであった。》

岩山を空に立てたる渓の壁　ゑがくがごとき夕もみぢかな　寛

紅葉する阿哲の峡の川舟に　はかなきことは思はざらまし　晶子

今も当時と変わることなく、井倉峡一帯の壮大な岸壁、紅葉の渓谷美、そして周囲の色づいた山並みなどが続き見るものを飽きさせない。

岩山を空に立てたる
渓の壁ぞうくらぐとも
夕もえろする

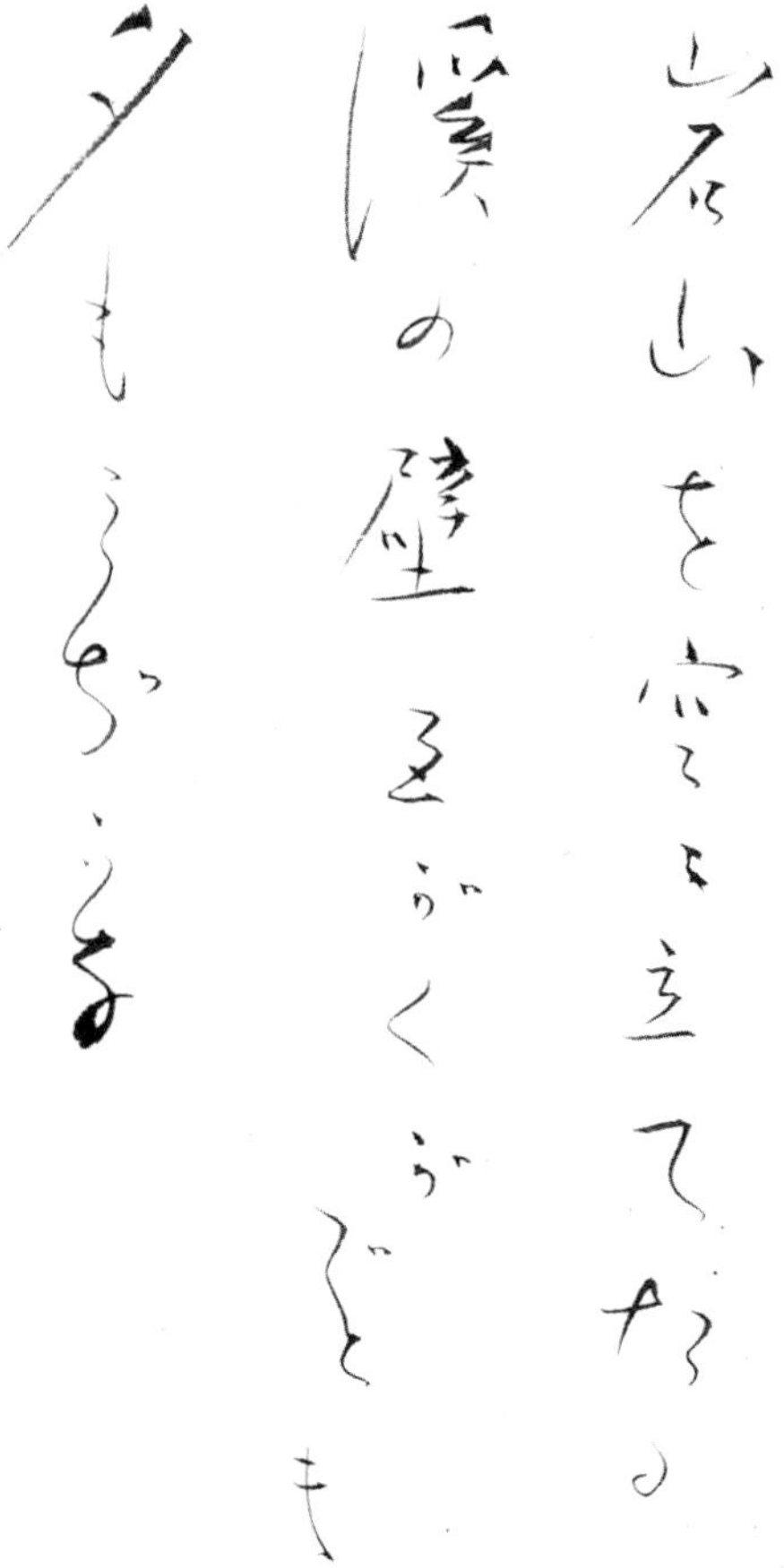

書（寛・旅詠）

井倉洞と峡谷美を誇る井倉峡（絵はがき）
（高梁川上流県立自然公園）

⑦ 方谷林など高梁の町を散歩

四日目は方谷橋を渡って宿の油屋から眺めていた対岸の方谷林に上っている。山に立つと高梁川を隔て、町を見下ろすことができる。

川に臨んだ家屋がすべて高い石垣を並べてゐるのも美しい。城山其他の連峰に例の霧の動き初めたのが好い雲煙山水圖《うんえんさんすいづ》である。この對岸《たいがん》の山からする展望も確かに此地の勝景の一つに違ひない。唯だ山の名を近年「方谷林」としたのは此の大観に適しない。山田先生を記念するなら「方谷山」として欲しい。

南面より望む方谷林及玄賓瀧（戦前絵はがき）

たそがるゝ方谷林よ河原なる
草の紅葉は叢《くさむら》にして
晶子

夜となりぬ方谷山の秋の亭
したには遠く川明りして
寛

方谷林より望む臥牛山・備中松山城（戦前絵はがき）

夜をさむみ秋の亭まへの川のこ□そありけて

寛

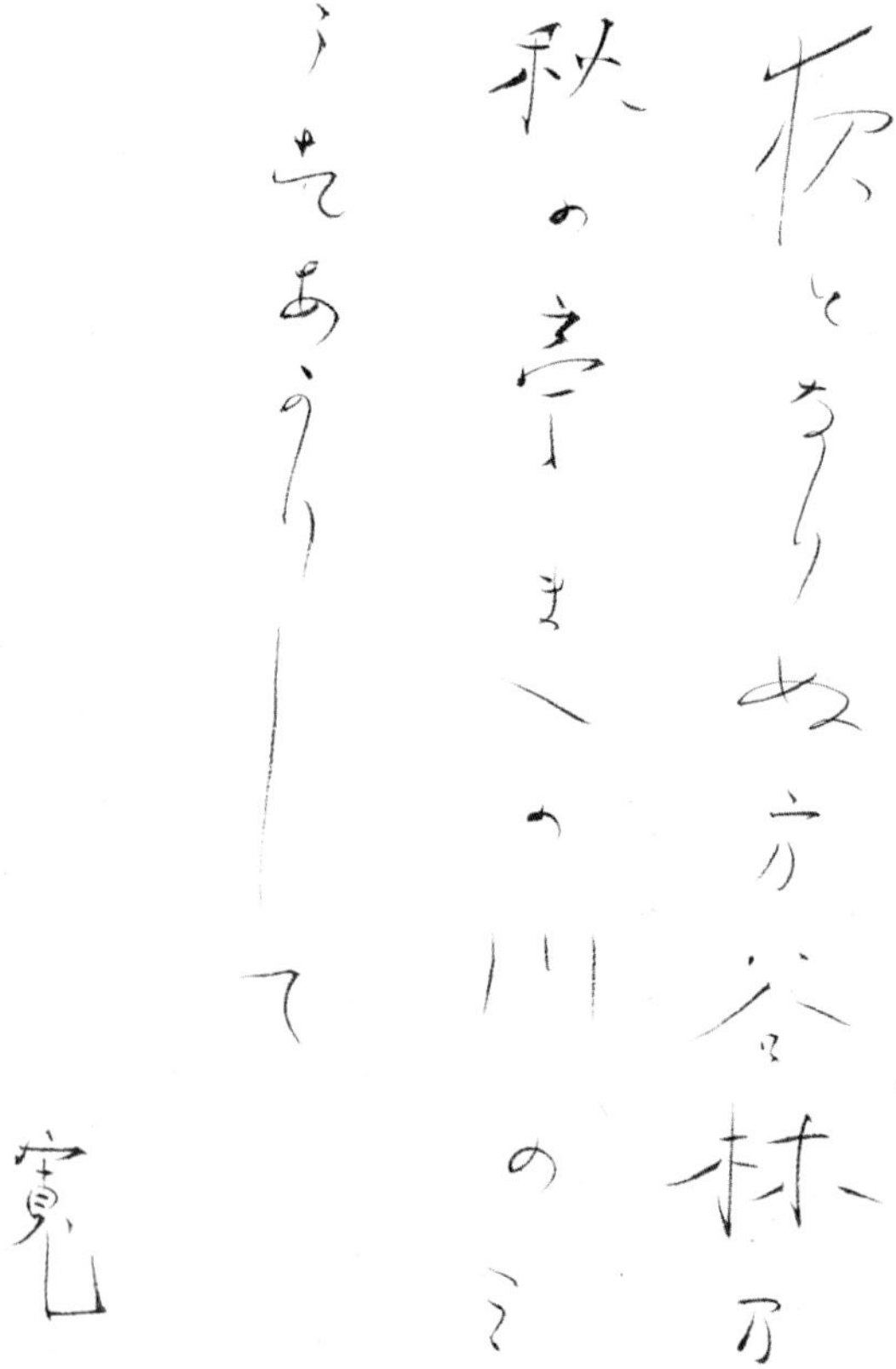

書（寛・旅詠）

方谷林から引き返して山麓の天柱山頼久寺を歴訪している。

《頼久寺の庭は小堀遠州の造つたものが遺つてゐる。備中は柹《かき》の産地だけに何處へ行つても赤い果が松や紅葉の間に燦燦《さんさん》と光つてゐて、此寺からも其れが望まれる直入畫中《ちょくにゅうがちゅう》の秋景である。》

《午後には順正高等女学校へ行って寛と共に講話をしている。《その學校は明治十四年に福西と云ふ女先生が始められたと云ふ歴史を持つてゐる。福西女史は改革的な基督教徒であった。迫害の多かつた當時の勇氣と熱心とが想われる。》

頼久寺とサツキの大刈込み

女学校で講演後、頼久寺で有志の歌會が開かれ、夫婦で歌の批評をした。

頼むこと久しき寺の林泉に
　　なびくいみじき秋の霧かな
　　　　　晶子

歌会に参加した婦人の声が残っている。

《夫婦でいらしていましたが、やはり晶子さんの印象が深い。情熱の歌人と言われていたが、お化粧などもあまりしない清そで穏やかな感じの人でした。十数人が歌を作って批評してもらいましたが「女性らしい美しい言葉を使うように」と言われ、やはり語句を大切にされていた人だなと深く感銘しました。》

⑧ 多くの歌を詠み高梁を後に

31日には、岡山への帰路についた。途中、総社駅で汽車を降り自動車で豪渓の奇勝を訪ね《清浄幽閑の趣を保つ》と景観を評価し降り出した時雨をも楽しんだ。山がやや深くなった所に豪渓がある。

層層と奇巌《きがん》を積み重ねた形の山が左右に城塞の如く迫って高く欹《そばだ》ち、それが溪と路とを纔《わずか》に中に挾んでS字状に拾餘町ほど屈折し展開する。奇巌は松、楓、雑木、雑草を交へて、蒼然たる古色と秋の明色とに著彩《ちゃくさい》され、その上に狭く空が覗《のぞ》いてゐる。私達は耶馬溪《やばけい》をも曾《かつ》て觀たが、彼れは名の大きさに比べて實《じつ》に乏しく、高梁川の溪谷と此の豪溪とはじつ實の美に比べて名の世にまだ知られないのが惜まれる。我國の岩山の奇勝として豪溪はよく纏《まと》まつてゐる點《てん》で随一であらうとさへ思ふ。溪《たに》には寂れた一寺と簡素な旗亭《きてい》があるばかりで、まだ俗悪《ぞくあく》なペンキ塗建築が侵入せず、清浄幽閑《しやうじやういうかん》の趣を保つてゐるのが特によい。私は何となくまだ知らぬ蜀《しよく》の溪谷の一部にゐるやうな空想をして渓の路を歩いてゐた。

旗亭で小憩し、村の人人が用意せられた中食《ちうじき》を取つてゐると、俄《にわ》かに劇《はげ》しい時雨が降り出した。雨の水晶簾《すいしょうれん》と音樂の中に、岩山の底で松と紅葉と磊磊《らいらい》たる奇巌《きがん》を見上げるのは、私の初めて知る喜びであつた。此の旅行は幸ひに快晴に恵まれてゐたが、豪溪に到つて晴雨を併せて觀賞する事が出來た。

秋の雨見上ぐる人にしぶきしぬ　吉備の渓間の松もみぢ岩　寛

遊びつつ吉備に日を經る感激と　おなじけしきす豪渓の岩　寛

山の岩天《あめ》の柱の文字あるも　無きも濡れ行くむら雨降れば　晶子

頂に霧がはこびしうす明り　ありてしぐるる山と向へり　晶子

乙(1) 備中豪溪天柱峰の全景
Whole view of Tenchu peak at Gokei, Bittu.

備中豪渓天柱峰（戦前絵はがき）

晶子と末娘藤子・豪渓にて
『與謝野晶子周辺の人びと』所収

豪渓を後にして岡山に向かう途中、井山の臨済宗寶福禅寺に立寄り少年僧時代の画僧雪舟の跡を訪ねている。

《山中には珍しい大寺で、洛外の古刹にある感がした。境内に文は藤井高尚、字は山陽の雪舟記念の大碑が近年に及んで建てられてゐる。寺では雪舟の文殊《もんじゅ》と蘆雁《ろがん》の三幅対を観せて貰つた。外《ほか》に兆殿司《てうでんす》の雪舟像をも観ることが出来た。近く寺を繞《まと》る山上の松と紅葉が静まりかへってゐたのも心を澄ませるに十分であった。》

寶福禅寺山門

（井山にて）

澄み入れる雪舟の像しづかなる　井山の秋の松かへでかな　寛

ゆく秋のうす墨の空そのもとの　松の中なる宝福禅寺　晶子

雪舟記念の大碑（雪舟碑）

井山から平野に出て《高松城址を黄ばんだ稲田の上の松林に車上より望み、吉備津神社を一拝して廻廊《かいろう》を徘徊《はいかい》し、薄暮《はくぼ》岡山驛に來て芳賀氏に別れ、其夜京都に一泊した。》

秋の北備渓谷の旅は、高梁の芳賀氏などの有志が高梁と新見の勝景地を訪ね、与謝野夫妻に歌わせたいとの思いから実現できた。応えて夫妻は多くの歌を詠み、歌碑として建立され今に残されている。

吉備津神社北随神門（戦前絵はがき）

三　海より渓へ

①　岡山万葉学会の招待旅行

１９３３年の岡山来訪は、正宗敦夫が主宰する岡山万葉学会の招待旅行で、下津井・味野・勝山・津山と岡山後楽園で開かれる夫妻歓迎会を巡る旅であった。参加者は、前もって会場地を指定して申込みを行っている。歓迎会申込書が「冬柏」第４巻第８号に綴り込まれて案内されている。

１９３３年６月26日～７月３日

訪問先

「和気駅」「伊里村」「入江の諸島」「伊部の窯元（松田華山）」

「香登（臥龍松）」「岡山駅」「下津井」「鷲羽山」「六口島」「味野町」

「倉敷駅」「新見」「勝山」「星山渓谷（神庭の滝）」「湯原温泉」「院の庄」

「作楽神社」「奥津温泉」「津山」「旧城（鶴山城）」「衆楽園」「後楽園」

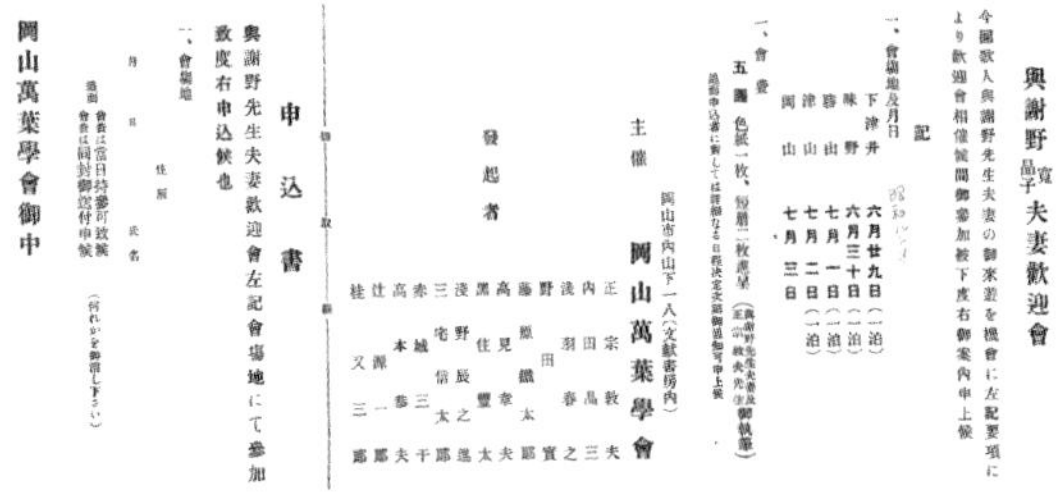

與謝野寛晶子夫妻歡迎會

今國歌人與謝野先生夫妻の御來遊を機會に左記要項により歡迎會相催候間御參加被下度右御案内申上候

記

一、會場地及月日
下津井　六月廿九日（一泊）
味野　六月三十日（一泊）
勝山　七月一日（一泊）
津山　七月二日（一泊）
岡山　七月三日

一、會費
五圓　色紙一枚、短册二枚進呈（與謝野先生夫妻及正宗敦夫先生御執筆）
過般申込書に對しては詳細なる日程決定次第御通知可申上候

主催　岡山萬葉學會
岡山市内山下一八（文獻書房内）

發起者
正宗敦夫
内田晶三
淺羽春之
野田實
藤原鐵太郎
高見章夫
黒住豐太
淺野辰之進
三宅信太郎
赤城三千
高本参夫
辻源一郎
桂又三郎

切取線

申込書

與謝野先生夫妻歡迎會左記會場地にて參加致度右申込候也

一、會場地

月　日　住所　氏名

追而　會費は當日持參可致候
　　　會費は同封御送付申候
（何れかを御消し下さい）

岡山萬葉學會御中

与謝野夫妻歓迎会申込書

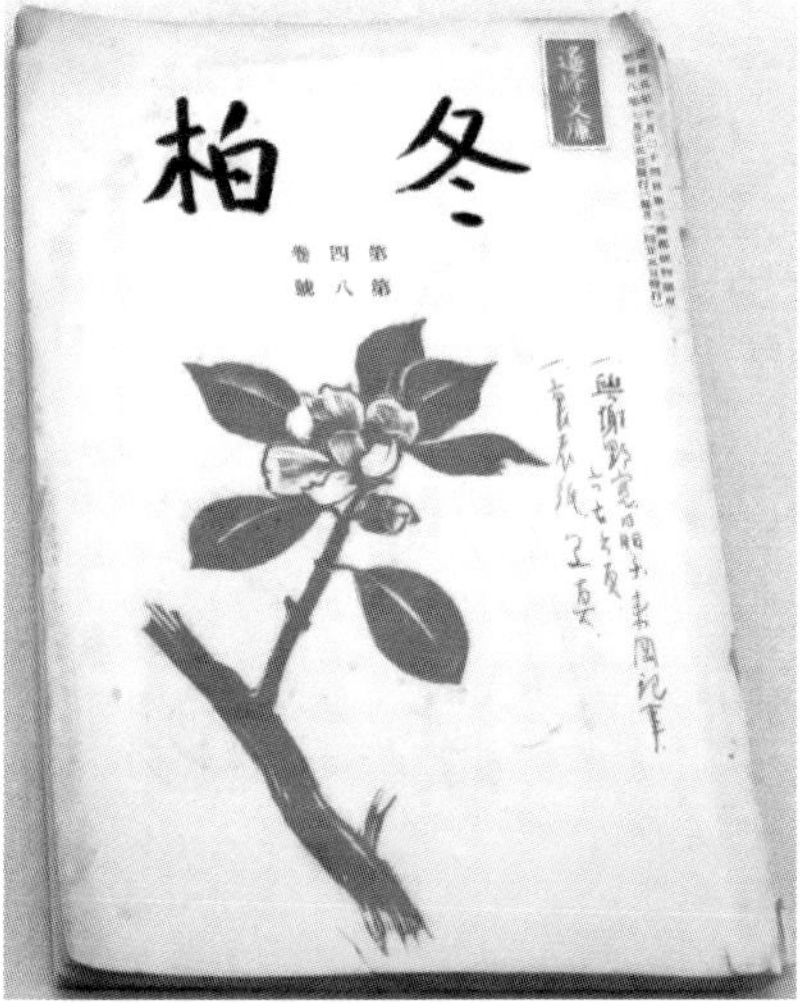

『冬柏』第四巻第八号
「海より渓へ」所収

② 十五年振り、敦夫の家に

与謝野夫妻は、6月26日岡山に向けて東京駅を夜行列車で出発し、車中泊で備前の和気駅に着いた。

《和気駅へは正宗敦夫氏が伊里村から自動車を傭《やと》って出迎へられて居た。氏のお宅へは十五年振に来たのである。氏には屢《しばしば》会ふが、と云って2年程会はなかったが、正宗夫人には実にその15年の間お目に掛らなかったのである。前に住まれた2階家には令息御夫婦が住まれ、正宗氏御夫婦は近年新築された2階建てに住まれてゐる。》

敦夫と与謝野夫妻（敦夫宅にて）

（備前伊里村の正宗氏宅にて）

年を経て敦夫の大人の家に来ぬ
　我子の如くその子をも見つ　寛

《蔵書はますます殖えて、文字通りに纔《わずか》に身を容れる有様である。近く愛蔵に帰したいろいろの珍籍を見せて貰った。令息甫一君が同じく篤学で、父君の助手となって精励せられてゐるのに敬服した。》

そのなかに主人《あるじ》と坐り瓜を食《は》む
　階上階下《かいじょうかいか》すべて書《しょ》にして　寛

正宗文庫にて敦夫

③　愉快な瀬戸内の清遊

28日は午前に敦夫が発動汽船を雇って、灘と通称する入江の諸島を共に巡遊し、瀬戸内海の一部にまで出て、大多府島の前に錨を下ろし、中食の行厨を開いて杯を挙げた。舟には令息も同乗していた。大多府島で生け簀の鯛を心積りにしていた所、出荷したあとで一匹もなく、やっと大烏賊《いか》を得て刺身に作り、海水で洗って杯を共にしたと云う。

船早し和氣の入江に風涼し　敦夫親子《あつをおやこ》とわが妻も乗る　寛

給仕の婦人がよく島々の名を知っていて教えてくれた。このあたりは上古からの中国航路で歴史と文学に関係が多く、短時間の概観であったが有益だった。

今日乗るは萬葉集の船路なり　蟲明《むしあけ》かくれ家島《いへしま》の出づ　寛

妻恋ひの鹿海こゆる話聞き　それかと見れば低き鶴島　晶子

歌碑・晶子（JR 赤穂線日生駅前の公園）
揮毫は、孫の与謝野馨氏（元財務大臣）

（備前和氣郡の灘にて）

穂浪村《ほなみむら》入江に近し雨降れば
　浮巣《うきす》に乗れるここちこそすれ　晶子

大多府の島の港よ涼しげに
　家のみ並び人を見ぬかな　晶子

大伯王《おほくわう》生れましつる海行きぬ
　我等は今の世も小船《をぶね》にて　晶子

船に見る和気の入江の今日の山
　みな夕立の雲に気《き》に立つ　寛

備前片上八景（戦前絵はがき）

寛・晶子歌碑楯越山（みなとの見える丘公園）

わが友が
萬の巻《まき》を
繙《と》く手もて
船に指さす
瀬戸の島々

寛

船いまだ
曽島の瀬戸を
いでねども
讃岐の海の
あづきじま見ゆ

晶子

清遊を終えて《午後は伊部町の窯元の一である松田華山氏の家に赴いて、正宗氏と3人で伊部焼に歌を書いた。書くと云ふよりは釘で彫るのである。華山氏は尋常の陶工でなく、早くから歌を詠み、近年は正宗氏から萬葉集其他の教を受けてゐる人で陶工としても見識があり、その作品にも落着いた新味が出てゐた。》

敦夫によると、晶子さんの生乾きの素地の土に彫りつけて書く速度は夫君の3倍以上の出来であった。よって寛先生の急須は晶子さんの3分の1程度の割でしか完成できなかった。

(伊部の松田華山氏の窯にて)

陶《すゑ》ものに今日の入江の歌書きぬ

医王の山の夕立の後《のち》

寛

鹿か谷
尼は磬うつ
椿ちる
うぐひすなきて
春の日くれぬ　晶子
与謝野晶子錐彫伊部焼急須
（松田華山 作）

晶子釘彫伊部焼急須（松田華山作）

大多府の
しまの港よ
涼しげに
家のふろひて
人を見ぬかな　晶子
備前伊部焼菓子器
（正宗文庫蔵）
わか友か
万つの巻を
よむ手もて
舟に指さす
瀬戸の島島　寛

寛・晶子釘彫伊部焼菓子器（松田華山作）

④　穂浪から岡山駅へ

翌29日は早天に正宗氏の宅を辞して、児島郡の下津井に向った。岡山までは自動車である。

（正宗氏の家を出づ）
書《しょ》のなかに読までニ夜を寝たるのみ　別れんとして我が心愧《ほ》づ　寛
われ老いぬいつまた和氣の海を見ん　涙おちきぬ片上の海　寛

《途中、和気郡香登《かがと》村に車を停めて有名な臥龍松を観た。これは全く世界一品の名木である。この三代前の持主であった一井氏は自分（寛）の岡山在学時代の同学であるが、早く岡山に移ったそうである。》

備前香登臥龍松（戦前絵はがき）

（臥龍松を觀て）

和氣の松蔭《かげ》することの大いなり

地の生むものはかくの如きか　寛

《吉井川の下流を通過する際学生時代の自分が京都から来遊した父を伴って西大寺に遊び、この川を眺めたことを思い出した。岡山駅へ来ると、岡山市に於ける正宗氏の諸友が待受けられて居た。》

岡山の駅に待つ人大方は

初めて逢へど我友の友　寛

岡山駅から電車で下津井駅に向かう。車窓で詠んだ歌もある。

ひろがれる藺田《ゐだ》のかなたに空高く　常山を見る夏がすみかな　寛

⑤　下津井に遊ぶ

《下津井駅には諸氏が待受けられ、直ちに海景を展望するに絶好の地である鷲羽山へ案内せられた。前に塩飽諸島が迫り、右に水島灘更らに前面に讃岐の諸山を遠望するのは、多少の雲気に由って妨げられたにせよ、優麗な大観であった。有名な史跡などには乏しいが、自分達は屋島の大観に匹敵すると感じるのであった。》

鷲羽山より櫃石島夕照（戦前絵はがき）

（児島郡下津井の鷲羽山にて）

この山に見る世美くし岩さへも
萬づの巻《まき》を積む如きかな　寛

鷲羽山《わしうやま》岩のうへにも松間にも
島と海見ゆ俯して抱くべし　寛

鷲羽山海に臨みて島々が
作る幾つの門のあるかな　晶子

港三つ鷲羽《わしう》の山の白沙の
襞の裾にし置かれたるかな　晶子

下津井三港遠望（戦前絵はがき）

寛には、鷲羽山南端の海に突き出た久須美鼻で見た光景を詠んだ2首がある。

光りつつ久須美の埼をめぐる帆も　今日は遊べる我が如きかな　寛

もう一首は近年発見された歌で同じ光景を詠んでいるが、表現や視点が異なりおもしろい。

光りつつ沖をいくなりいかばかり　たのしき夢をのする白帆ぞ　寛

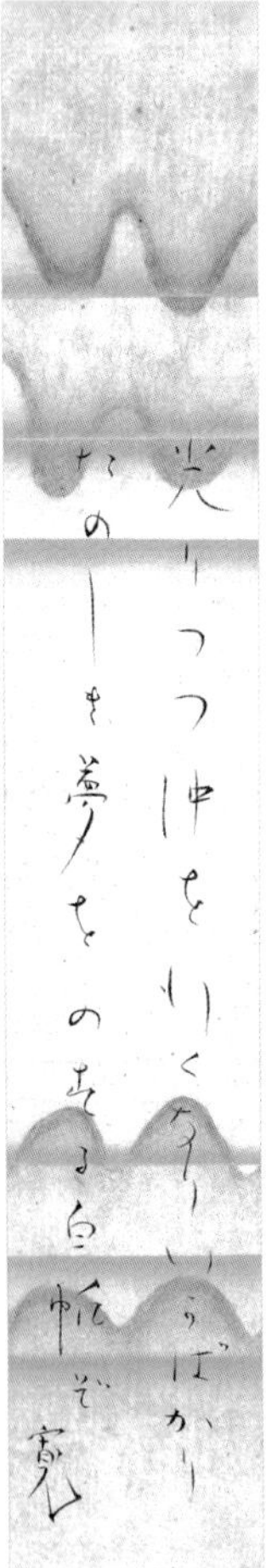

短冊・寛

（備前の下津井にて）

下津井の港の灯《ほ》かげ松にあり　墨にまぜたる金泥《きんでい》ひかる　寛

船着けば下津井をとめ海に入り　舳先《へさき》を抱きて白き洲に引く　寛

下津井の燈籠崎の燈籠となりて　夕日のかかる海かな　晶子

海原の霧より讃岐いでくれば　今朝もおどろく半島の客《かく》　晶子

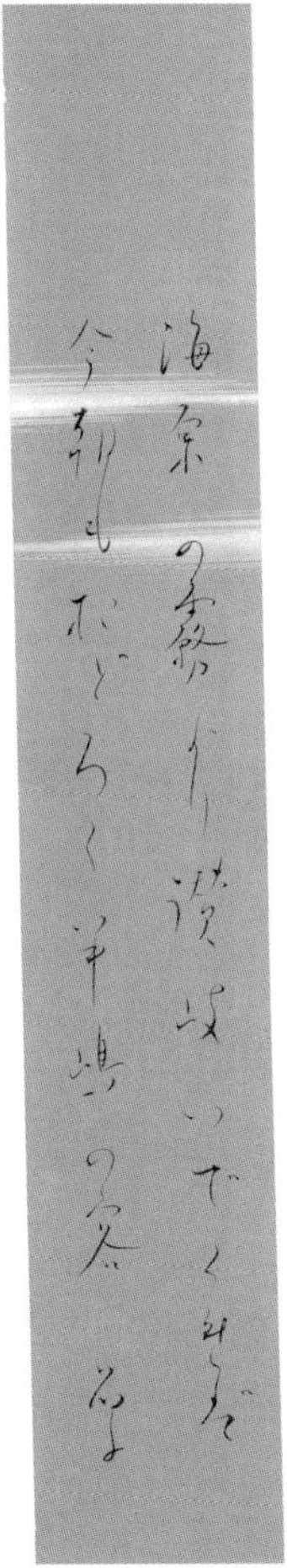

短冊・晶子

《夕刻、船に乗って六口《むくち》島へ往復し、その島の南岸《ママ》に立つ天然記念物で象の形を成す巨巌を観ると共に、瀬戸海の本流の雲気と夕照の交錯した暮色に心を楽しめた。》

しらしらと岩の大象《たいざう》島に立ち
　高く光りぬ灘の夕月　寛

西の海水島灘の入日見る
　六《む》口《くち》の島のしろき磯濱　晶子

沖を見て舳先に坐るわが顔を
　水島灘に落つる日の焼く　寛

六口島の奇象岩（戦前絵はがき）

晶子は自ら「平家の女人」となり、船中より源平の古戦場水島灘の夕日を詠んだのであろう。

西海《さいかい》の夕日に扇かざす時
　平家の船の一つのごとし　晶子

内海の夜空高く
見上げる銀河の流
忘れてはならぬ鹽飽諸島の廻遊
歌人與謝野氏夫妻下津井へ

與謝野寛
同　晶子

「歌人與謝野氏夫妻下津井へ」
山陽新報（1933 年7月1日）

《月も既に中天に懸って居た。今夜は涼しかった。岡山から友人が来たので深更《しんこう》まで共に歌を詠んだ。山には杜鵑《ほととぎす》が啼きつづけた。》

ほととぎす岩の啼けるか暮れて聴く

鷲羽の山の頂の方《かた》　寛

《また石の間でこほろぎが頻《しき》りに啼いた。正宗氏の村の海岸でもこほろぎを聴いたが、六月の末に此虫が啼くのは関東と風土を異にするためであらう。》

松かげに戸あけて臥《ふ》しぬ天の川

水島灘の風ともに入る　寛

下津井・鷲麓園ホテルにて
『冬柏』第六巻第六号所収

晶子には、下津井港から水島灘への船中の歌が多い。このことは、「よい自然の所へ置いて下されさへするなら、促されずとも私達は歌を詠まずにゐない。」(『街頭に送る』)ということであろうか。さらに水島灘の回遊を、次のような一文を書き、塩飽諸島を賛美している。

「忘れてはならぬ鹽飽諸島の廻遊」

自分達夫婦は、さほど日本の風景を多く見てもゐないが、旅行して見ると、從來は人に知られなかつた土地に、こんなにも美しい所があつたかと驚かされることが少くない。また新しい名勝地でも、その土地の人が自慢するほど美しくなくて失望する場合も屡ある。

岡山縣の風景は殆どまだ知らないと云つてゐるが、このたび見せてもらつた下津井沿岸の風景は、實は豫想した以上に優れてゐると感じた。

鷲羽山の展望も大きくてゐるが、下津井に遊んだ人の必ず企《き》つべきは、船による鹽飽諸島の廻遊であらう。薄暮に六口島へ舟で往復したのも面白かつた。夜に入つて人の尠《すくな》い砂濱に、天の河を見て一行の諸君と語り合つたのも近年に經驗しない喜びであつた。

たゞ、あまりに土地の人が宣傳に努められ、多くの人が來遊するやうになつて來ると、或は現在のやうな静かな趣きが失はれてしまひはせぬか、それをおそれるものである。

山陽新報（昭和8年7月1日）

⑥ 味野高等女学校で講演

30日は、宿泊した下津井（鷲麓園ホテル）より少し引返し、味野町の味野高等女学校（現・県立倉敷鷲羽高校）で夫妻が女生徒達に講演している。同校校友会誌「阿ら玉」に晶子の講演録「生活と創作」が掲載されている。

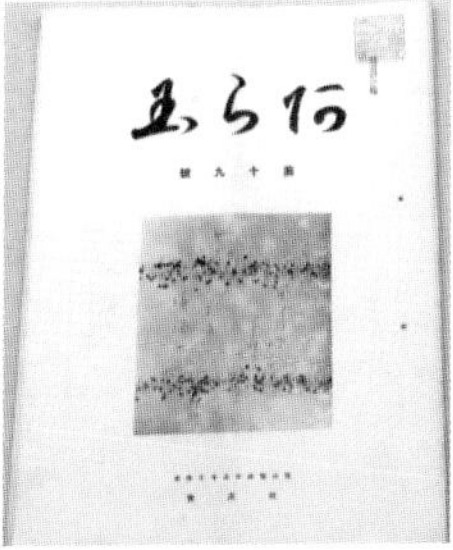

「阿ら玉」19号
（1933年7月）
表紙は晶子色紙
（県立倉敷鷲羽高校提供）

講演は、1933年3月、日本が国際連盟を脱退して戦争の足音が聞こえ始めていた頃である。晶子は、女学生に対して「創作と云ふ事が出來ないのは死人と同じで人たる意味はない」とし、「文學ばかりが創作では御座居ません。世界の偉人は偉大なる發明も致します。しかしそんな創作はしなくてもよろしいので御座居ます。自分が考案して刺繍するのも立派な創作です」と論じている。

講演

【生活と創作】

私共は此度縣下の景勝地未だ見ぬ鷲羽山を見物に参りました。しかしほんの一部を見物して参るにすぎません。かうしたあはたゞしい旅先で皆様と一緒にお話が出来るのはうれしい事でございます。しかし時間のない事で御座居ますから簡単なお話をして御挨拶にかへます。

平和な時代では忘れ勝ちでございますが現在の日本がどの様な立場にあるかと云ふ事を知つて戴きたいと思います。御承知でゐらつしやる通り支那との戦は中止しておりますとは云へ、我が日本はこれ迄にない多忙な時で御座居ます。榮へるか亡びるかの境目であります。

御承知の通り日本は經濟的に乏しい國で御座居ます。それは國民にも影響して自由にお金も使へない事となつたのです。それ故唯ぼんやりとして學校の授業をお受けになられて居た人達も明日から自覺して大きな豫算を立てて、自覺自習をして下さる様お願ひ致します。

私は娘時代から修養實現を目標として進んで居ります。又今も續けて

晶子講演（県立倉敷鷲羽高校提供）

居るのであります。私は皆様の様に女學生時代に人間の頭は男子だから勝れて居る女子だから遅れて居ると云ふ様な事は不都合であると思ひました。平安時代の女は皆男と同等な權利を持つて居りました。そこで私も男と一緒に修養して行くには、どうすればよいかと考へました。それは偶然にも十二才の時でありました。私は男と同じ様に廣く世の中を知りたいと思ひました。世の中に何が一番樂しく一番美しいかと云ふ事を商家の娘である私に教へて下さる方は御座居ませんでした。しかし私の考へにはどこか理由が有るものではないかと思ひます。私は人並の人間として常識的な數多くの學科の中にも特に數學が好きで御座居ました。其れから私の女學生時代は色々な書物を讀み偉人の書物も讀みました。今考へてみると女學生の時にあんな堅い書物を讀んだのが今の私の智識となつた樣に思ひます。多くの書物を讀んだ爲に先生方の思想も他の人の思想も測り知る事が出來ました。其の事に原因して他の生徒の様に程度の低い興味にひかれて大聲で笑つたり、しやべつたりする様な事はありませんでした。しかしそれかと云つて机の前にのみ坐つたのではありません何れにも興味を持つて、裁縫手藝等學校や家庭で一生懸命したものです。それから私は至極敏捷に事をする様に考へを置いたので、現在私はすばしこいのです。故に女學生たる皆様方は、どの方面にも興味を見出し、良い本を讀む様にすれば貴女方を教育される先生方も御満足です。これは男子と共に廣い世間を見出す爲です。

創作と云ふ事が出來ないのは死人と同じで人たる意味はないのでありま す。しかし文學ばかりが創作では御座居ません。世界の偉人は偉大なる發明も致します。しかしそんな創作はしなくてもよろしいので御座居ます。自分が考案して刺繍するのも立派な創作です。創作も何も無く死んで逝くと云ふ事は淋しい事ではありませんか、創作をしてこれが立派だと人から褒められても必ずそれが善いものとは限りません。自分が十分考慮の後自身で善いものと認めた時、自分の心が褒めたらよいのです。昔の平安時代に男も及ばぬ女流文學者が居られましたが、此の人達も自分の創作を自分で認めたので御座居ます。創作するには先に申しました様に修養が大切です。それに日本は未曾有の國難に際して居りますから皆様の修養皆様の創作を期待して居ります。平凡な女學生は大勢居りますが、皆さんは大いに修養を積まれ創作力をねつて下さる様お祈り致します。

平凡では御座居ますがこれで今日のお話を終ります。

（味野町の高等女學校にて）

門《もん》のうち夾竹桃とくちなしに
　日を照りかえす白き敷石

寛

寛講演（県立倉敷鷲羽高校提供）

（備前の味野にて）

半島の龍王山《りゅうわうざん》と鹽田《えんでん》が　あひだにしたる味野町《あぢのまち》これ　晶子

旅まくら味野もよろし潮青き　瀬戸の入江の裏と思へば　晶子

講演後、宿に戻り地元味野や下津井の諸氏が来館し話が進んだ。当夜は、苛烈な暑気のため、寛と晶子は殆ど眠ることができなかった。

（味野の常盤館にて）

蚊帳を出て扇風機をば猶《なお》掛けぬ　暑き味野の夜は未だ二時　寛

鹽田《えんでん》に隣れる町の夏の夜の　炎暑《えんしょ》の中の山ほととぎす　晶子

⑦　美作・勝山・湯原に遊ぶ

【7月1日】

味野町出発（車）→倉敷駅→（伯備線）新見駅→（姫新線）勝山（車）→星山渓谷（神庭の滝）→真賀温泉→湯原温泉→勝山・辻源一郎宅・作歌、揮毫（1泊）

《七月一日は味野の諸君に別れ、自動車で備中の倉敷駅に向かった。倉敷には十数年前に大原氏から講演のために招かれて、数日滞在したので、知る人もあるが、再会するいとまを得なかった。午後勝山町に着き、手荷物を辻氏のお宅に残して、直ちに自動車で星山の渓谷にある神庭の滝へ案内せられた。渓谷に入って後、滝に達するまでの数町の密林と清流とが先づ朝来の炎暑を忘れしめた。渓の屈折に従って岩に架せられた幾つかの柴橋を渡るのもよい趣であった。滝はやや近づくと五百尺の上半が千樹の上に望まれる。恰も北海道層雲峡の滝と同調である。我々は滝の飛沫が作る雲霧の気に爽涼を感じながら、ますます近づいて滝の全貌を仰ぐのであった。》

時鳥鳴く作西へ
與謝野夫妻吟行
神庭瀧、眞賀湯原温泉行脚

神庭滝、真賀温泉行脚・山陽新報（1933 年7月4日）

与謝野夫婦神庭の滝にて・山陽新報（1933 年7月8日）

（美作の神庭の瀧にて）

岩くだる神庭《かんば》の瀧を木がくれて
半仰ぐも岩岩の中
寛

天《あめ》の世に神庭《かんば》の溪は近きなり
瀧しらしらとみ空より降る
寛

橋あまた神庭《かんば》の溪のしるべして
いみじき瀧に到りけるかな
晶子

音高く神庭の川の行く方を
瀧さし示す星山《ほしやま》の上
晶子

「日本の滝百選」神庭の滝

《真賀温泉と湯原温泉とに向った。共に旭川の上流である。五里《ママ》にして達した真賀温泉の真泉館は、その名にふさはない素朴な宿で、川に臨み山を負うて、その五階の梯子段を繞り繞って昇ると、更に上に浴室がある。浴室と云ふよりは湯の湧く洞窟の上に屋根掛をしたのである。湯は箱根の姥子の湯よりも更に快い青玉色をして、その温度も姥子の湯の比でなく好適である。》

（美作の真賀温泉にて）

山に倚る五階の室《しつ》の段を攀づ　湯の湧く室《しつ》は更にその上　寛

寶塔の最上層のここちして　眞賀《まが》の大湯にかよふ階《かい》かな　晶子

《更に七里《ママ》して湯原温泉に達し、ここは真賀とちがって一つの村を成してゐるのであるが、諸山が繞って、溪流がやや広くなり、その水は清徹して石上を行くこと頗《すこぶ》る急である。河原の岩湯には露天の儘《まま》に人人が浴し、浴しながら河鹿《かじか》を聴い

てゐる。我我はこの幽静な温泉地にも一宿しないのを遺憾とした。此地は山椒魚の産地でもあり、飼養《しよう》地でもある。》

（美作の湯原温泉にて）

かじか鳴き夕日映りいくたりが
　岩湯にあるも皆高田川　晶子

（高田川は旭川の旧名）

沙湯ある溪間の岩になほ倚りぬ
　河鹿の聲を後《のち》にし難し　寛

山椒魚《さんしようを》栖める溪とも思はれず
　若き男女《なんによ》の岩湯にあれば　晶子

砂湯近くの晶子歌碑（かじか鳴き夕日…）

「名泉砂湯」の碑と砂湯

湯原温泉の名物砂湯（戦前絵はがき）

鼓橋をわがのる乗合自動車《くるま》渡りゆけば
礼する娘ありいで湯の街に

寛

鼓橋湯山《つつみばしゆやま》の橋もわたるなり
奥美作《おくみまさか》の夏の夕ぐれ

晶子

湯原温泉鼓橋歌碑

《勝山町へ引返して、辻氏のお宅に入り、待ち受けられた辻氏の父翁武十郎氏を初め、町の人人と夜食を共にしたが、ゆるゆると会談するいとま無く、正宗氏も我我も歌を詠み、且つその歌を揮毫しつつ夜を更かした。辻氏のお宅は城山と如意嶽を庭中のものとする位置に建てられ、広く且つ明るくて、瀟洒《しょうしゃ》たる設備の行届いた日本建築である。自分はかう云ふ点によい趣味が地方に遺ってゐるのを喜んだ。》

（美作勝山町の辻氏宅に宿りて）

家ひろし主人《あろじ》ゆるせば三更に　なほ筆とりぬ如意嶽のもと　寛

木がくれて倉のしら壁半ば見え　そのうへの山霧に瑠璃啼く　寛

深山木《みやまぎ》が緑の波を重ねたる　如意の麓の客房《かくぼう》の朝　晶子

御前酒蔵元辻本店（真庭市勝山）

辻家での記念写真（寛・晶子・敦夫）

⑧ 院庄・奥津に遊ぶ

【7月2日・午前】

勝山駅↓（姫新線）院庄駅↓作楽神社↓奥津温泉、河鹿園

2日は勝山の人達に見送られて汽車に乗り、院庄駅で下りて、作楽神社に参拝した。作楽神社は、児島高徳が隠岐へ流される途中の後醍醐天皇を奪回しようとしたが果たせず、せめて志だけでも伝えようと天皇の在所である院庄館前の桜の幹を削り詩を題したという史蹟に、後醍醐天皇とその忠臣高徳を祭ったお宮である。明治2年に創建せられた県社である。

（院の庄の作楽神社にて）

いにしへは櫻に書きぬ今の世も　臣《おみ》の卑《ひく》きは野に居て歌ふ　寛

元弘の昔の児嶋三郎の　やしろにまゐる院のおん庄　晶子

作楽神社（戦前絵はがき）

作楽神社
国指定の史跡「院庄館跡（児島高徳伝説地）」

作楽神社を後にして、伯耆境の渓谷へ入り奥津温泉に一浴し小憩した。

（美作の奥津温泉にて）

奥津川銀杏《いてふ》の蔭の湯槽《ゆぶね》より　出でて聞くなり鶯の話を　晶子

奥津温泉河鹿園と奥津川

歌碑・晶子

水源は鏡野の三国山に発し奥津渓へ流れ、吉井川（奥津川）の源流である。奥津渓では、河鹿が随所に鳴いている。

大釣《おほつり》の淵の青きを見て倚《よ》れば　河鹿鳴き出づ岩のもとより　寛

かじかども分水嶺を何ばかり　離れぬ山の溪にゐて鳴く　晶子

《但し此の附近では絶対に「かじか」と云はずに「かはづ」と呼んでゐる。これは一行に取って価値ある発見であった。萬葉集以来の歌にある「かはづ」が「河鹿」であらうとは在来の学者の考へて居た所であり、自分も曾て「かはづ」の語源を説いた時に述べたのであったが、その古言が古意の儘《ママ》に保存せられてゐるのを知って、正宗氏始め一同が学問上の立証を得たことを喜んだ。この発見のために、何よりも此地にまで招かれて来たことが嬉しかった。》

歌碑・晶子

かじか鳴く奥津渓

《この地方の婦人は衣服を洗ふのに手を用ひず、溪に立って足で踏むのである。これを踏洗濯《ふみせんたく》と云って、県下の人人にも奇とせられる古来の風習である。我我は溪に臨んだ宿の河鹿園の欄頭から、その踏洗濯を目にするのであった。》

衣洗ふ奥津のをとめ河床《かはどこ》の
　清きに立ちて踊るごと踏む　寛

風立てば踏洗濯《ふみせんたく》に少女子が
　占めたる岩も波越して　晶子

歌碑・寛

歌碑・晶子

奥津温泉　踏洗濯（絵はがき）

附近の山へ登ると、伯耆の大仙（大山）が望まれる。

大仙《だいせん》をすでに感ずる心なり
奥津の溪に遊ぶ涼しさ　寛

山陰《さんゐん》と山陽《さんやう》の山立つ中《なか》の
奥津《おくつ》の夏に浴《ゆあ》めりわれは　晶子

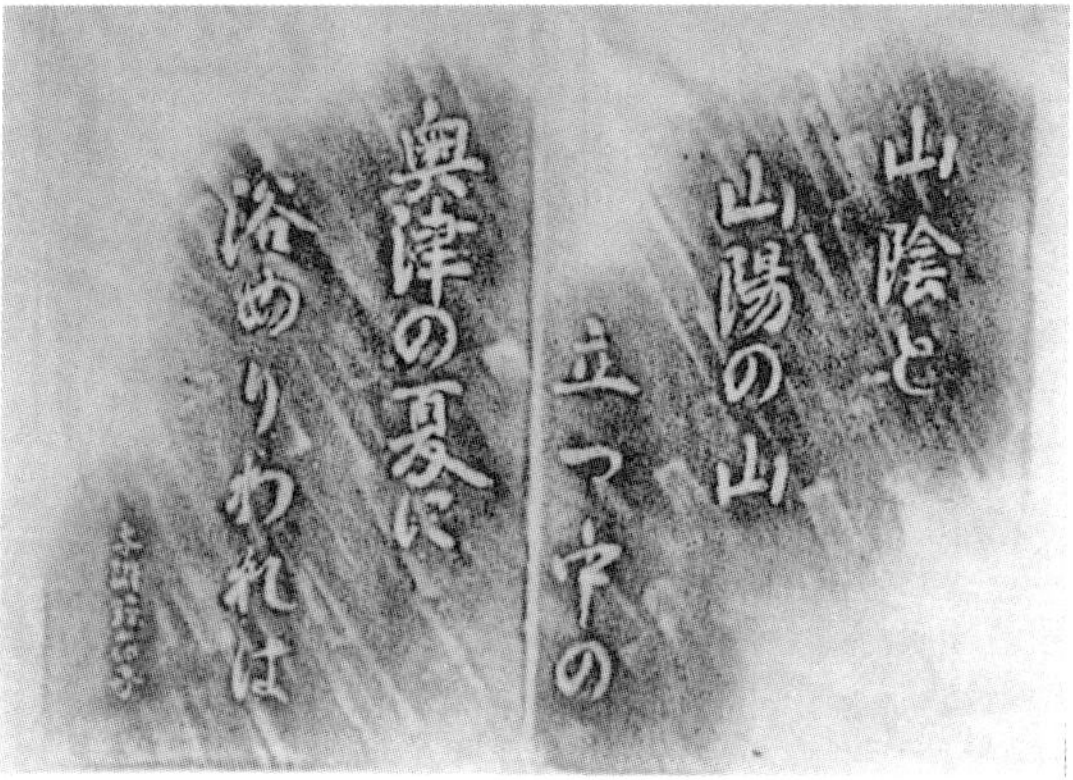
山陰と
山陽の山
立つ中の
奥津の夏に
浴めりわれは

歌碑拓本（坂本亜紀児）

⑨ 奥津より津山に入る

【7月2日・午後】

奥津温泉・河鹿園→津山→旧城（鶴城）衆楽園→対鶴館（1泊）

《午後、引返して再び院の庄を過ぎ津山市に入って、旧城（鶴城）と衆楽園とを観、近き佐良山、遠き那木山《なぎせん》（那岐山）等を望んだ後、宿の対鶴館に投じた。》

（美作の津山にて）

北の空さみだれ雲のをぐらきに
ますら男さびて那木山《なぎせん》とがる

寛

與謝野夫妻
美作中部歌行脚
奥津、津山を巡遊
歓迎茶話会と講演会は
地方稀に見る盛況

奥津、津山を巡遊
山陽新報
（1933年7月7日）

津山鶴山公園（戦前絵はがき）

（鶴山公園）

うつくしき山立ちならぶ美作の
城下の町の夏の夜の月
晶子

山國の津山の城の石垣に
見出づることよ初秋の白《しろ》
晶子

旅人が作の津山の城に立ち
見れば吉井の川霧のぼる
晶子

前列右より晶子・寛・敦夫
津山鶴山公園にて

（佐良山を望む）

このなかに敦夫もありてあかつきの
　蚊帳より仰ぐ久米の佐良山　寛

みやびかに津山の町の家々が
　上に置きたる久米のさら山　晶子

涼しけれ津山の城の廓《くるわ》より見る
　王朝の久米の佐良山　晶子

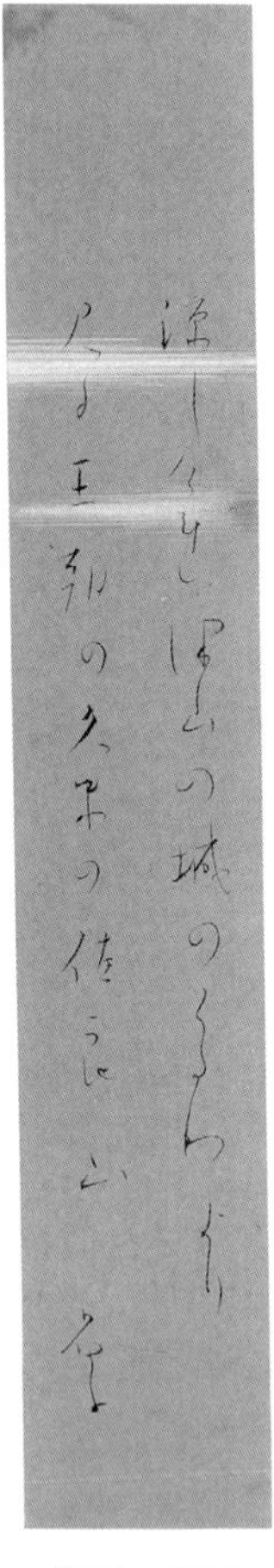

短冊・晶子

久米の佐良山（戦前絵はがき）

⑩ 晶子講演後、後楽園での夫妻歓迎会に向かう

【7月3日】

津山高女・津山實科高女の女生徒に晶子が講演→津山高女にて座談会→津山實科高等女学校で小憩→誕生寺一拝→後楽園・廉池軒（寛講演・晶子歌披露）→旭川・旗亭→岡山駅→三の宮

午前に津山高等小学校で津山の高女と實科高女の生徒達に晶子が講演し、津山高女で夫妻を囲み座談会が開かれた。その後、津山實科高等女学校（現・美作高校）に赴いて小憩し、歌を詠み半切として寄贈している。現在、美作高校の校門を入った正面に歌碑として建立されている。

津山實科高等学校（現・美作高校）
『美作学園100周年記念誌』所収

うつくしき五郡の山に護られて
学ぶ少女はいみじかりけれ

晶子

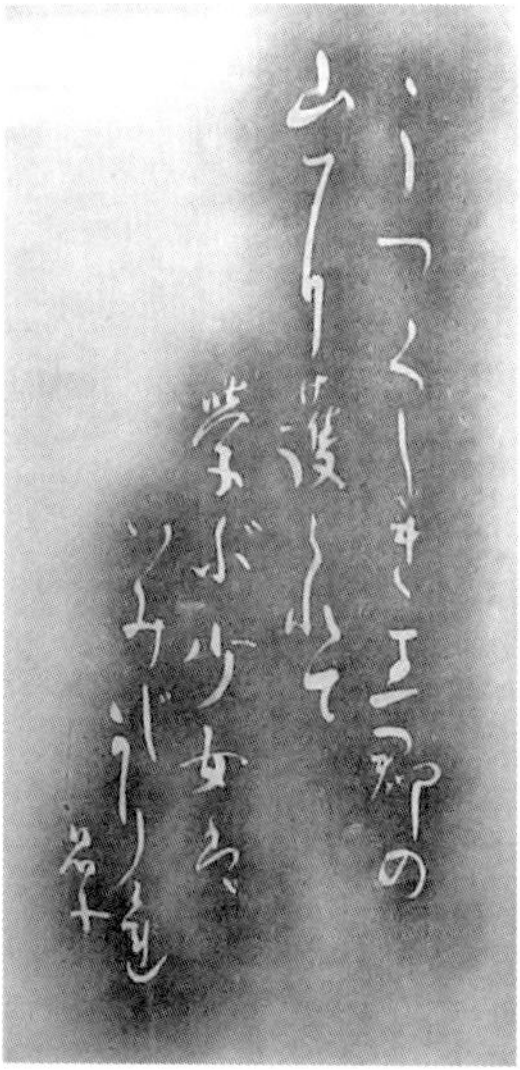

歌碑拓本（坂本亜紀児）

晶子歌碑（美作高校）

小憩後、ただちに自動車で岡山市に向い、途中法然上人の誕生寺を大門前より一拝し、岡山に入った。

誕生寺時《とき》の無ければ拝むこと
門《もん》にして止《や》む美作の路

寛

誕生寺大門（戦前絵はがき）

（岡山にて）
半田山《はんだやま》兎を狩りし少年が
　六十にしてその山を見る

寛

操山《みさをやま》かの立つ塔も知る仲ぞ
十五の我れの倚りて讀みにき

寛

（後楽園の小集にて）
挨拶の短きも好し岡山に
　今日逢ふはみな流俗の外《ほと》

寛

安住院多宝塔

《後楽園の一室（ここは廉池軒）に催された小集に赴いた。会せられた諸君は、正宗敦夫、浅羽春之、野田実・・・の廿六氏である。多くは生面の人人であるが、中には卅年前の旧知も見受けた。自分は短歌に就いて述べ、晶子は旅中の歌の一部を披露した。時が乏しくて、細かなお話を交換し得ないのが遺憾であった。二時間足らずで散会した後、旭川に臨んだ旗亭で晩餐を共にし、岡山駅へ来ると、此地で此度会った多くの諸君が見送られた。》

夫妻は、7月3日岡山駅を発って三宮に向かった。岡山の7日間の旅は、下津井に始まり県北奥津方面を巡るまさに「海より渓へ」の旅であり、昭和初期のまだ交通の便がよくない中での強行軍であった。晶子は道中の揺れる車の中でも紙に歌を書いたり、駄目な時は捨てたりして作歌していたようだ。ともかく与謝野夫妻にとっては、お疲れであったことだろう。

後楽園正門（戦前絵はがき）

後楽園での与謝野夫妻歓迎会
「冬柏」第四巻第八号所収

歓迎会が催された後楽園廉池軒《れんちけん》（戦前絵はがき）

四　晶子、寛を慕う一人旅

「海より渓へ」の旅の出発は2泊した正宗家であった。今、旅を振り返ってみると寛が正宗家を出発する時詠んだ歌が悲しく虚しい。

（正宗氏の家を出づ）

われ老いぬいつまた和気の海を見ん　泪おちきぬ片上の路　寛

寛は1916年に敦夫宅を訪問して以来、今回が2度目だった。穂浪の家を出る時寛は敦夫の妻に、「二度ある事は三度と申すから、今一度は来るかも知れぬが、穂浪の里もこの度が終りかも知れぬ」と云われた。

寛は、再び和気の海（穂浪の海）を見ることなく、2年後の1935年（3月26日）に急逝した。

晶子は寛を師と仰ぐ最愛の伴侶を喪った悲しみは深く、以後の晶子の歌は寛を追慕するものが多い。寛を慕う一人旅を初めた晶子の心模様を察するには、歌で辿るより他にはない。
次の挽歌は晶子の愛を象徴するもので晶子の遺歌集に載っている。

筆硯煙草を子等は棺に入る　名のりがたかり我れを愛できと　（『白桜集』）

「あの世でもこれらを愛用なさいよと、故人の愛用品を、その棺の中に入れるのは、世上にめずらしくないならわしだ。与謝野家の子どもたちも、愛をこめて、筆や硯や煙草までを、つぎつぎに棺のなかに入れた。晶子は、それを、あわれと見ている。そうじゃないの、パパが何にもましてそばに入れてほしいのは、このわたしなのよ、パパは、このわたしを一ばん愛していらっしゃったのよ。そういいたいのをぐっとこらえ、子らのすることをじっと見ている」

（『黄金の釘を打ったひと』）

寛の死後、1940年5月に脳溢血で倒れるまでの晶子の旅は、寛への追憶の旅であった。寛が可愛がった末女・藤子を連れ添い、各地に旅を重ね歌を詠んだ。寛を慕う悲しい歌が多く遺歌集『白桜集』に所載されている。

鎌倉の除夜の鐘をば生きて聞き死にて君聞く五月雨の鐘
良寛が字に似る雨と見てあればよさのひろしと云う仮名も書く
箱根山君を思ひて深く入り君を思ひて山出づるかな
岬より湖畔の山を半入り友に逢ひたり君には逢はず
我が旅の寂しきこともいにしへもわれは云はねど踏む雪の泣く
落葉松《からまつ》の上の信濃の夕焼の雲を君来てただ一目見よ

2度の「岡山の旅」は弟子や土地の人に招待された巡業的な旅で、晶子が「旅かせぎ」と称した旅であろう。晶子は「旅かせぎの旅」を「歌」の手段と認識して貫いた強さがあった。子供たちには「旅行すると歌が出来る」と語り、芭蕉が俳諧の世界を「旅」を通して究めたように、晶子にとって「旅」は、歌への情熱の源泉であった。

晶子には「歌はどうして作る」という詩がある。この詩は、終の棲家になった東京・荻窪の旧居跡「与謝野公園」に歌碑として建てられている。公園は、旧居の庭をイメージして整備されており、入口には門柱が立てられ、玄関があった場所に続く通路が設けられている。この荻窪の旧居が新築の頃、敦夫は何度か訪問したことだろう。

旧居跡「与謝野公園」（東京・荻窪）

歌はどうして作る。
じっと観《み》、
じっと愛し、
じっと抱きしめて作る。
何《なに》を。
「真実を」。

「真実」は何処《どこ》に在る。
最も近くに在る。
いつも自分と一所《いっしょ》に、
この目の観《み》る下《もと》、
この心の愛する前、
わが両手の中に。

「真実」は
美《うつ》くしい人魚、
跳《は》ね且《か》つ踊る、
ぴちぴちと踊る。
わが両手の中で、
わが感激の涙に濡《ぬ》れながら。

疑ふ人は来て見よ、
わが両手の中の人魚は
自然の海を出たまま、
一つ一つの鱗《うろこ》が
大理石の純白《じゅんぱく》のうへに
薔薇の花の反射を持つてゐる。

（第五評論感想集『愛、理性及び勇気』）

晶子は1942年5月、数えで65歳の生涯を東京・荻窪の自宅で閉じた。娘たちや門下の女性たちによって美しく化粧され、大好きだった紫の裾模様を着せられて横たわる晶子―白桜院鳳翔晶燿大姉に、告別式で堀口大学は挽歌「紫のゆかりの色の衣かつぎねむりておはす少女のやうに」と一首捧げている。大学は、寛と晶子を詩歌上の父母として生涯敬愛してやまなかったといわれる。

最後に敦夫が、晶子の人柄について、いつもの岡山訛りで次のように語っている。

「人間としての感じは、筆で書くと達者であるけれど、人間はとても行き渡った人だ。あの人が死ぬる時、身の廻りの品をまとめて、わしの嫁さんにも質はよくなかったがきれいに洗い張りした着物をかたみにと、くれたんじゃ。それ位思い遣りのある人じゃった。文士であねえな人はありあせん。」

と。家族ぐるみの終生の交流があり、実感にあふれている。

特別展「与謝野寛と晶子の旅」ポスター

あとがき

熊代正英

若い頃から、鉄幹の「人を恋ふる歌」が何となくリズムがあり好きでした。男性的な律義さを感じたからかも知れません。晶子については、俵万智・与謝野晶子の『チョコレート語訳みだれ髪』で晶子と万智の歌を併読した時に思い切った表現に驚きました。また、日露戦争従軍中の弟を思う長詩「君死にたまふことなかれ」には感動しました。この詩は時代背景もあり批判されたが「ひらきぶみ」を発表して反論－「まことの心を歌ってこそ歌。歌は歌に候」－と堂々と揺るぎない主張をしました。このような晶子の生き方を見ると、一貫して自らの考えを信じ、揺らぐことなく目的を果たして行くエネルギーに圧倒される思いがします。

吉備路文学館「与謝野寛と晶子の旅」を企画した時は、晶子が渡欧時に着た訪問着を当時ご健在のお孫さんの与謝野馨氏から借用することができ「晶子さん」

を直に感じ取る貴重な体験となりました。この執筆中にも萩や菊などが描かれた紫の美しい裾模様が思い出されました。

寛・晶子を多少知り得たのも吉備路文学館在職時、与謝野夫妻に繋がる泣菫の「薄田泣菫」展、正宗敦夫の「正宗家の学問」展に関わったからです。薄田泣菫の長女・まゆみの長男故満谷昭夫氏、敦夫のお孫さんの正宗千春氏には大変お世話になりました。また、吉備路文学館には多くの資料を提供して頂き感謝申し上げます。

執筆を終え倉敷には薄田泣菫生家、備前には正宗文庫があり、また、県内各地の景勝地には与謝野夫妻の歌が刻まれた歌碑が多くあるので、ゆかりの地をゆっくりと巡って温泉につかりたいと思うこの頃です。

終わりに船中より源平の古戦場水島灘の夕日を詠んだ晶子の一首を。

西海《さいかい》の夕日に扇かざす時
　平家の船の一つのごとし　晶子

主な参考文献

『正宗敦夫の世界』吉崎志保子　吉崎一弘　1989年
『与謝野寛晶子書簡集』植田安也子・逸見久美子編　八木書店　1983年
「与謝野先生の思い出」「冬柏」六巻五号　1935年
「海から渓へ」「冬柏」四巻七号　1933年
「消息」「冬柏」四巻七号　1933年
『街頭に送る』与謝野晶子　大日本雄弁会講談社　1931年
「備北文学」備北文学会機関誌一九号　1977年
『岡山の短歌』藤原幾太　杉鮫太郎　日本文教出版　1971年
『泣菫残照』満谷昭夫　創元社　2003年
『薄田泣菫の世界』黒田えみ　日本文教出版
『資料与謝野晶子と旅』沖良機　武蔵野書房　1996年
『黄金の釘を打ったひと』山本藤枝　講談社　1985年

『正宗白鳥全集』福武書店　1983年
『与謝野晶子歌集』「人間嫌い」岩波文庫　1985年改版
『日本の詩歌4与謝野鉄幹 与謝野晶子 若山牧水 吉井勇』中公文庫　1975年
『定本与謝野晶子全集・第九、第十巻』講談社　1980年
「正宗敦夫著作目録」正宗敦夫文集編集委員会　1987年
『與謝野晶子と周辺の人びと』香内信子　創樹社　1998年
「樹木」第三九巻第一号1989年
『晶子と寛の思い出』与謝野光　思文閣出版　1991年

資料提供

公益財団法人　吉備路文学館
一般財団法人　正宗文庫
満谷昭夫

編著者略歴

熊代正英（くましろ　まさひで）

岡山市生まれ。昭和 51 年中国銀行入行、（公財）吉備路文学館を経て現在、岡山市立御南西公民館長。著書に『吉備路をめぐる文学のふるさと』（共同執筆）『里村欣三の眼差し』（共同執筆）『岡山の夏目金之助（漱石）』共同執筆、『柴田錬三郎の世界』共同執筆がある。

岡山文庫 321　寛・晶子の岡山吟行

令和 3 年（2021）年 5月25日　初版発行

編著者　熊　代　正　英
発行者　荒　木　裕　子
印刷所　株式会社三門印刷所

発行所　岡山市北区伊島町一丁目 4 － 23 日本文教出版株式会社
電話岡山（086）252-3175（代）振替 01210-5-4180（〒 700-0016）
http://www.n-bun.com/

ISBN978-4-8212-5321-0

● 岡山県の百科事典

二百万人の **岡山文庫**

○数字は品切れ

1. 岡山の植物・西原礼之助
2. 岡山の祭と踊・神野力
3. 岡山の焼物・桂又三郎
4. 岡山の古墳・鎌木義昌
5. 岡山の民家・鶴藤鹿忠
6. 岡山の文学碑・山本遺太郎
7. 岡山の仏たち・脇田秀太郎
8. 岡山の動物・松本邦夫
9. 岡山の鳥・杉鮫太郎
10. 大原美術館・藤田慎一郎
11. 岡山後楽園・宗定克則・杉鮫太郎
12. 岡山歳時記・吉岡三平
13. 岡山の建築・巌津政右衛門
14. 瀬戸内海・緑川洋一
15. 岡山の民芸・外村吉之介
16. 吉備路・神野力
17. 岡山の魚・青木五郎
18. 岡山の昆虫・倉敷昆虫同好会
19. 岡山の城と城址・藤井駿・市川俊介
20. 岡山の果物・三宅忠一
21. 岡山の風物・岡山県広報協会
22. 吉備の女性・吉岡三平
23. 岡山の伝説・立石憲利
24. 岡山の酒・小出巌・西原礼之助
25. 岡山の街道・山陽新聞社
26. 岡山の絵画・脇田秀太郎・巌津政右衛門
27. 水島臨海工業地帯・平方与平
28. 岡山の旅・岡山県観光連盟
29. 蒜山高原・二若・富国・徳山
30. 岡山の歌謡・英玲二
31. 岡山の遺跡めぐり・間壁忠彦・葭子
32. 備前焼・小山冨士夫・藤原雄・中村昭夫
33. 岡山文学風土記・大岩徳二
34. 美作路・小山健三
35. 岡山の俳句・塩尻青笳・島津青沙
36. 岡山音楽夜話・保田太郎
37. 閑谷学校・巌津政右衛門・坂本一夫
38. 岡山の川柳・弓削川柳社
39. 岡山の民話・岡山民話の会
40. 岡山の刀剣・小林種次
41. 岡山の短歌・杉鮫太郎・藤原幾太郎
42. 岡山の医学・中山沃
43. 岡山の藺草・鈴木尚夫・中村昭夫
44. 岡山の人物・黒崎秀明
45. 岡山の駅・難波数丸
46. 岡山の現代詩・坂本明子
47. 岡山の交通・藤沢晋
48. 岡山の教育・秋山和夫
49. 備中神楽・山根堅一・坂本一夫
50. 岡山の民具・鶴藤鹿忠
51. 岡山の宗教・長光徳和
52. 吉備津神社・藤井駿・坂本一夫
53. 岡山の貨幣・原三正
54. 岡山の古戦場・多和和彦
55. 岡山の石造美術・巌津政右衛門
56. 岡山の方言・十河直樹
57. 岡山の歴史・柴田一
58. 岡山事物起源・吉岡三平
59. 高梁川・宗田克巳
60. 岡山の干拓・吉岡三平・進昌三
61. 岡山の電信電話・萩野秀
62. 吉備高原・宗田克巳
63. 岡山のおもちゃ・吉永義光
64. 吉井川・宗田克巳
65. 岡山の港・巌津政右衛門
66. 岡山の絵馬と扁額・脇田秀太郎
67. 旭川・宗田克巳
68. 岡山の温泉・石井猛・圓堂稔
69. 岡山の県政史・蓬郷巌
70. 岡山の道しるべ・巌津政右衛門
71. 岡山の笑い話・稲田浩二・和子
72. 美作の歌舞伎芝居・二宮朔山
73. 岡山の民間信仰・三浦秀宥
74. 岡山の奇人変人・蓬郷巌
75. 岡山の食習俗・鶴藤鹿忠
76. 岡山の明治洋風建築・中力昭
77. 山陽路の地理散歩・宗田克巳
78. 岡山の風俗・蓬郷巌
79. 岡山の海藻・大森長朗
80. 岡山の書・佐藤英夫
81. 岡山浮世噺・岡長平
82. 岡山の神社仏閣・市川俊介
83. 中国山地・三浦秀宥・竹内平吉郎
84. 岡山の島・巌津政右衛門
85. 岡山の山と峠・宗田克巳
86. 吉備の石ぶみ・井上雄風
87. 岡山の怪談・佐藤米司
88. 岡山の自然公園・山陽カメラクラブ
89. 岡山の漁業・西川太
90. 岡山の天文気象・石田五郎・佐橋謙
91. 岡山の郵便・萩野秀
92. 岡山の鉱物・沼野忠之
93. 岡山のふるさと村・巌津政右衛門
94. 岡山の経済散歩・吉永義光
95. 岡山の庭・山本利幸・前田勝也
96. 岡山の匠・浅原健
97. 岡山の童うたと遊び・立石憲利
98. 岡山の衣服・福尾美夜
99. 岡山の民俗・土井卓治・佐藤米司・鶴藤鹿忠
100. 岡山の樹木・西原礼之助・古屋野寛

(101.) 岡山と朝鮮・西川 宏
102. 岡山の和紙・臼井英治
103. 岡山の艶笑譚・立石憲利
104. 岡山の文学アルバム・山本遺太郎
105. 岡山の映画・松田完一
106. 岡山の石仏・厳津政右衛門
107. 岡山の橋・宗田克巳
108. 岡山のエスペラント・岡 一太
109. 岡山の狂歌・蓬郷 巌
110. 百間川・岡山の自然を守る会
(111.) 夢二のふるさと・真田芳夫・葛原茂樹
112. 岡山の梵鐘・川端定三郎
113. 岡山の演劇・山本遺太郎
114. 岡山話の散歩・岡 長平
(115.) 岡山地名考・宗田克巳
(116.) 岡山の戦災・野村増一
117. 岡山の町人・片山新助
118. 岡山の会陽・三浦 叶
119. 岡山の石・宗田克巳
120. 岡山の滝と渓谷・川端定三郎
121. 岡山の味風土記・岡 長平
122. 目でみる岡山の明治・厳津政右衛門
(123.) 岡山の散歩道東西・佐藤米司
124. 目でみる岡山の大正・蓬郷 巌
125. 児島湾・同前峰雄
126. 岡山の庶民夜話・佐上静夫
127. 岡山の修験道の祭・川端定三郎
128. 目でみる岡山の昭和Ⅰ・蓬郷 巌
129. 岡山のふるさと雑話・佐上静夫
130. 岡山のことわざ・佐藤・次田・竹内・福尾
131. 目でみる岡山の昭和Ⅱ・蓬郷 巌
(132.) 瀬戸大橋・ＯＨＫ編
133. 岡山の路上観察・香川・河原
134. 岡山の相撲・二宮朔山
135. 岡山の古文献・中野美智子
136. 岡山の門・小出公大
137. 岡山の内田百閒・岡 将男
138. 岡山の彫像・蓬郷 巌
139. 岡山の名水・川端定三郎
140. 両備バス沿線・両備バス広報室
141. 岡山の明治の雑誌・片山・来田・菱川
142. 岡山の災害・蓬郷 巌
143. 岡山の看板・河原 馨
144. 由加山・原 三正
145. 岡山の祭祀遺跡・八木敏乗
146. 岡山の表町・岡山を語る会
147. 逸見東洋の世界・臼井洋輔
148. 岡山ぶらり散策・河原 馨
149. 岡山名勝負物語・久保三千雄
150. 坪田譲治の世界・善太と三平の会
151. 備前の霊場めぐり・川端定三郎
(152.) 藤戸・原 三正
153. 矢掛の本陣と脇本陣・武・中山・岡田・池田・柴口
154. 岡山の図書館・黒崎義博
(155.) 岡山の戦国時代・松本幸子
156. 岡山の資料館・河原 馨
(157.) カブトガニ・惣路紀通
158. 正阿弥勝義の世界・臼井洋輔
159. 木山捷平の世界・定金恒次
160. 岡山の備前ばらずし・窪田清一
(161.) 良寛さんと玉島・森脇正之
(162.) 備中の霊場めぐり・川端定三郎
(163.) 岡山の多層塔・小出公大
164. 六高ものがたり・小林宏行
165. 下電バス沿線・下電編集室
(166.) 岡山の博物館めぐり・川端定三郎
167. 岡山の民間療法(上)・鶴藤鹿忠・竹内平吉郎
168. 吉備高原都市・小出公大
(169.) 玉島風土記・森脇正之
170. 洋学者箕作阮甫とその一族・木村岩治
171. 夢二郷土美術館・松田 基・楢原雄一
172. 岡山のダム・川端定三郎
173. 岡山の森林公園・河原 馨
(174.) 宇田川家のひとびと・水田楽男
175. 岡山の民間療法(下)・鶴藤鹿忠・竹内平吉郎
(176.) 岡山の温泉めぐり・川端定三郎
177. 阪谷朗廬の世界・山下五樹
(178.) 目玉の松ちゃん・尾上松之助・中村房吉
179. 吉備ものがたり(上)・市川俊介
180. 中鉄バス沿線・中鉄バス㈱企画部
181. 飛翔と回帰―国吉康雄の西洋と東洋・小澤善雄
(182.) 岡山の智頭線・河原 馨
(183.) 出雲街道・片山 薫
184. 備中高松城の水攻め・市川俊介
185. 美作の霊場めぐり・川端定三郎
186. 吉備ものがたり(下)・市川俊介
187. 津山の散策にし・ひがし・黒田 晋・竹内平吉郎
188. 倉敷福山と安養寺・前川 満
189. 鷲羽山・山本慶一・西田正憲
190. 和気清麻呂・仙田 実
191. 岡山たべもの歳時記・鶴藤鹿忠
192. 岡山の源平合戦談・市川俊介
193. 岡山の氏神様・二宮朔山
194. 岡山の乗り物・蓬郷 巌
195. 岡山・備前地域の寺・川端定三郎
196. 岡山ハイカラ建築の旅・河原 馨
(197.) 牛《うし》窓《まど》を歩く・前川 満
198. 岡山のレジャー地・倉敷ぶんか倶楽部
199. 斉藤真一の世界・斉藤裕重・イシイ省三
(200.) 巧匠 平櫛田中・原田純彦

201. 総社の散策・神野 力・葛原克人・加藤信二
202. 岡山の路面電車・楢原雄一
203. 岡山ふだんの食事・鶴藤鹿忠
204. 岡山のふるさと市・倉敷ぶんか倶楽部
205. 岡山の流れ橋・渡邉隆男
206. 岡山の河川拓本散策・坂本亜紀児
207. 備前を歩く・前川 満
208. 岡山言葉の地図・今石元久
209. 岡山の和菓子・太郎良裕子
210. 吉備真備の世界・中山 薫
211. 柵原散策・片山 薫
212. 岡山の岩石・野瀬重人・沼野忠之
213. 岡山の能・狂言・金関 猛
214. 岡山の鏝絵・赤松壽郎
215. 山田方谷の世界・朝森 要
216. 岡山おもしろウオッチング・おかやま路上観察学会
217. 岡山の通過儀礼・鶴藤鹿忠
218. 日生を歩く・前川 満
219. 備北・美作地域の寺・川端定三郎
220. 岡山の親柱と高欄・渡邉隆男
221. 西東三鬼の世界・小見山 輝
222. 岡山の花粉症・三好・難波・岡野・山本
223. 操山を歩く・谷淵陽一
224. おかやま山陽道の拓本散策・坂本亜紀児
225. 霊山熊山・仙田 実
226. 岡山の正月儀礼・鶴藤鹿忠
227. 原子物理学の父 仁科芳雄・井上 泉・イシイ省三
228. 赤松月船の世界・定金恒次
229. 邑久を歩く・前川 満
230. 岡山の宝箱・臼井洋輔・臼井隆子
231. 平賀元義を歩く・渡部秀人・竹内佑宜
232. 岡山の中学校運動場・奥田澄二
233. おかやまの桃太郎・市川俊介
234. 岡山のイコン・植田心壮
235. 神島八十八ヶ所・坂本亜紀児
236. 倉敷ぶらり散策・倉敷ぶんか倶楽部
237. 作州津山 維新事情・竹内佑宜
238. 坂田一男と素描・妹尾克己・イシイ省三
239. 岡山の作物文化誌・臼井英治
240. 児島八十八ヶ所霊場巡り・倉敷ぶんか倶楽部
241. 岡山の花ごよみ・前川 満
242. 英語の達人・本田増次郎・小原 孝
243. 城下町勝山ぶらり散策・橋本惣司・倉敷ぶんか倶楽部
244. 高梁の散策・朝森 要
245. 薄田泣菫の世界・黒田えみ
246. 岡山の動物昔話・立石憲利・江草昭治
247. 岡山の木造校舎・河原 馨
248. 玉島界隈ぶらり散策・小野敏也・倉敷ぶんか倶楽部
249. 岡山の石橋・北脇義友
250. 哲西の先覚者・加藤章三
251. 作州画人伝・竹内佑宜
252. 笠岡諸島ぶらり散策・NPO法人 かさおか島づくり海社
253. 磯崎眠亀と錦莞莚・吉原 睦
254. 岡山の考現学・おかやま路上観察学会
255. 「備中吹屋」を歩く・前川 満
256. 上道郡沖新田・安倉清博
257. 続・岡山の作物文化誌・臼井英治
258. 土光敏夫の世界・猪木正実
259. 吉備のたたら・岡山地名研究会
260. いろはで綴る ボクの子供事典・赤枝郁郎
261. 民話の里 鏡野町伝説紀行・立石憲利・片田知宏
262. 笠岡界隈ぶらり散策・ぶらり笠岡友の会
263. つやま自然のふしぎ館・森本信一
264. 岡山の山野草と野生ラン・小林克己
265. 文化探検 岡山の甲冑・臼井洋輔
266. ママカリ ヒラに まったりサーラ・窪田清一
267. 岡山の駅舎・河原 馨
268. 守分 十の世界・猪木正実
269. 備中売薬・土岐隆信・木下 浩
270. 倉敷市立美術館・倉敷市立美術館
271. 津田永忠の新田開発の心・柴田 一
272. 岡山ぶらりスケッチ紀行・南 一平・網本善光
273. 倉敷美観地区 歴史と民俗・吉原 睦
274. 森田思軒の世界・倉敷ぶんか倶楽部
275. 三木行治の世界・猪木正実
276. 岡山路面電車各駅街歩き・倉敷ぶんか倶楽部
277. 赤磐きらり散策・高畑富子
278. 岡山民俗館 民具100選・岡山民俗学会
279. 笠岡市立竹喬美術館・笠岡市立竹喬美術館
280. 岡山の夏目金之助(漱石)・横山俊之・熊代正英
281. 吉備の中山を歩く・熊代哲士・熊代建治
282. 備前刀 日本刀の王者・佐藤寛介・植野哲也
283. 繊維王国おかやま今昔・猪木正実
284. 温羅伝説・中山 薫
285. 現代の歌聖 清水比庵・笠岡市立竹喬美術館
286. 鴨方往来拓本散策・坂本亜紀児
287. 玉島 旧柚木家ゆかりの人々・倉敷ぶんか倶楽部
288. カバヤ児童文庫の世界・岡 長平
289. 野﨑邸と野﨑武左衛門・猪木正実
290. 岡山の妖怪事典 妖怪編・木下 浩
291. 松村緑の世界・黒田えみ
292. 吉備線各駅ぶらり散策・倉敷ぶんか倶楽部
293. 「郷原漆器」復興の歩み・高山雅之
294. 作家たちの心のふるさと・加藤章三
295. 自画像の異彩画家 河原修平の世界・倉敷ぶんか倶楽部
296. 岡山の妖怪事典 鬼・天狗・河童編・木下 浩
297. 歴史・伝承・文学・アート 岡山の魅力再発見・柳生尚志
298. 井原石造物歴史散策・大島千鶴
299. 岡山の銀行 合併・淘汰の150年・猪木正実
300. 吹屋ベンガラ・臼井洋輔